Band 58
Lew Tolstoi
Die Kreutzersonate

Lew Tolstoi
Die Kreutzersonate

Band 58
1.Auflage
Taschenbuch – Literatur - Klassiker
Herausgeber Frank Weber, Marburg
Bibliografische Information der Deutschen Nationalbibliothek:
Die Deutsche Nationalbibliothek verzeichnet diese Publikation in der Deutschen
Nationalbibliografie; detaillierte bibliografische Daten sind im Internet abrufbar über
http://dnb.dnb.de
© 2018 Lew Tolstoi
Deutsch: A.Scholz
ISBN: 9783751914031
Herstellung und Verlag: BoD – Books on Demand, Norderstedt

Inhalt: Seite:

I

Es war zu Beginn des Frühlings. Wir reisten bereits den zweiten Tag. Für kürzere oder längere Strecken stiegen Passagiere in den Zug ein und stiegen wieder aus, nur drei Reisende waren, ebenso wie ich, schon von der Abgangsstation aus unterwegs: eine Dame, weder hübsch noch jung, die Zigarette im Mund, mit abgespannten Gesichtszügen, in einem halb nach Herrenart zugeschnittenen Paletot und einer Kappe; ein Bekannter der Dame, ein gesprächiger Vierziger, sorgfältig und modern gekleidet; und noch ein Herr von kleinem Wuchse, der sich abseits hielt, jedoch durch seine heftigen Bewegungen auffiel; er war noch nicht alt, sein krauses Haar war augenscheinlich vorzeitig ergraut und seine auffallend glänzenden Augen flitzten rasch von einem Gegenstand zum andern. Er trug einen alten Paletot mit Lammfellkragen, den einstmals ein tüchtiger Schneider angefertigt haben mochte, und eine hohe Lammfellmütze. Wenn er den Paletot aufknöpfte, gewahrte man darunter ein ärmelloses Wams und ein gesticktes russisches Hemd. Eine Eigentümlichkeit dieses Herrn war, daß er von Zeit zu Zeit seltsame Laute ausstieß, die einem Räuspern oder einem eben begonnenen, jedoch plötzlich unterdrückten Lachen glichen.

Dieser Herr hatte während der ganzen Fahrt jede Unterhaltung und Bekanntschaft mit den übrigen Reisenden sorgfältig vermieden. Auf Anreden der Nachbarn gab er kurze, schroffe Antworten, sonst las er oder sah rauchend zum Fenster hinaus oder holte aus einer alten Reisetasche seinen Proviant hervor, trank Tee oder stärkte sich durch einen Imbiß.

Ich hatte den Eindruck, daß seine Vereinsamung ihm lästig sei, und wollte ihn mehrmals ansprechen, aber jedesmal wenn unsere Augen einander begegneten – was häufig geschah, da wir einander schräg gegenübersaßen – wandte er sich ab und nahm sein Buch vor oder blickte zum Fenster hinaus.

Als der Zug am späten Nachmittag des zweiten Tages auf einer großen Station hielt, stieg dieser nervöse Herr aus, um sich siedendes Wasser zu holen, und bereitete sich im Kupee Tee. Der sorgfältig und modern gekleidete Herr – wie ich später erfahren sollte, ein Advokat – war mit seiner Nachbarin, der rauchenden Dame in dem halb nach Herrenart zugeschnittenen Paletot, in den Wartesaal gegangen, um dort Tee zu trinken.

Während der Abwesenheit des Herrn und der Dame stiegen etliche neue Personen ein, darunter auch ein hochgewachsener, glattrasierter Alter mit runzeligem Gesicht, anscheinend ein Kaufmann, in einem Iltispelz und einer Tuchmütze mit mächtigem Schirm. Der Kaufmann nahm gegenüber dem Sitze des Advokaten und der Dame Platz und begann sogleich ein Gespräch mit einem jungen Menschen, dem Aussehen nach einem Handlungsgehilfen, der gleichfalls auf dieser Station eingestiegen war.

Ich saß den beiden gegenüber, und da der Zug stillstand, konnte ich in den kurzen Augenblicken, wenn gerade niemand vorüberging, Bruchstücke ihrer Unterhaltung hören. Der Kaufmann erzählte zunächst, er fahre nach seinem Gute, das nur eine Station weit abliege; dann kamen sie wie gewöhnlich auf die Marktpreise, die Moskauer Geschäftslage und die Nishnij-Nowgoroder Messe zu sprechen. Der Handlungsgehilfe begann von den Orgien zu schwärmen, die ein ihnen bekannter reicher Kaufmann auf der Messe gefeiert habe, der Alte ließ ihn jedoch nicht ausreden, sondern begann selbst von einstigen Zechgelagen in Kunawino, die er mitgemacht hätte, zu erzählen.

Er war offenbar stolz auf seine Teilnahme an jenen Gelagen und berichtete schmunzelnd, wie sie einmal mit eben jenem Bekannten zusammen in Kunawino einen ganz tollen Streich verübt hätten, von dem man nur im Flüstertone reden könne, worauf der Handlungsgehilfe in ein solches Gelächter ausbrach, daß es im ganzen Wagen widerhallte; auch der Alte stimmte in das Lachen ein und ließ seine beiden noch vorhandenen Zähne sichtbar werden.

Ich versprach mir nicht viel Interessantes von der weiteren Unterhaltung der beiden und stand auf, um mich bis zum Abgange des Zuges noch ein wenig auf dem Bahnsteig zu ergehen. In der Tür begegnete ich dem Advokaten mit der Dame, die sich über irgend etwas lebhaft unterhielten.

»Sie werden nicht mehr weit kommen,« sagte der gesprächige Advokat zu mir, »es wird gleich zum zweitenmal geläutet.«

In der Tat hatte ich kaum den letzten Wagen erreicht, als das Glockenzeichen erklang. Ich kehrte in mein Kupee zurück, wo die Dame und der Advokat immer noch ihre lebhafte Unterhaltung fortsetzten, während der alte Kaufmann ihnen schweigend gegenübersaß, streng vor sich hinschaute und von Zeit zu Zeit mißbilligend an den Lippen kaute.

».. . Sie erklärte also ihrem Gatten kurz und bündig,« sagte der Advokat lächelnd, als ich an ihm vorüberging, »daß sie mit ihm nicht zusammenleben könne und wolle, da...«

Und er begann irgend etwas zu erzählen, was ich nicht verstand. Hinter mir stiegen noch andere Passagiere ein, dann kam der Zugführer, ein Gepäckträger eilte vorüber und es gab noch eine ganze Weile Trubel und Geräusch, so daß man das Gespräch der beiden nicht hören konnte. Als es endlich still geworden war und ich wieder die Stimme des Advokaten vernahm, war die Unterhaltung zwischen ihm und der Dame anscheinend bereits von dem Sonderfall auf allgemeine Betrachtungen übergegangen.

Der Advokat meinte, daß die Ehescheidungsfrage augenblicklich die öffentliche Meinung in Europa lebhaft beschäftige und daß auch bei uns derartige Fälle immer häufiger vorkämen. Als er merkte, daß alles ringsum schwieg und nur seine Stimme zu vernehmen war, brach er die Unterhaltung mit der Dame ab und wandte sich zu dem Alten.

»In der alten Zeit kamen solche Dinge nicht vor, nicht wahr?« sagte er leutselig lächelnd.

Der Alte wollte etwas erwidern, in diesem Augenblick jedoch setzte sich der Zug in Bewegung und der Alte nahm seine Mütze ab, bekreuzigte sich und begann im Flüstertone zu beten. Der Advokat wandte seinen Blick zur Seite und wartete respektvoll. Als der Alte sein Gebet samt der dreimaligen Bekreuzigung beendet hatte, setzte er seine Mütze gerade und tief in die Stirn, machte es sich auf seinem Platze bequem und nahm dann das Wort:

»Sie kamen auch früher wohl vor, mein Herr,« sagte er, »wenn auch nicht so häufig. Heutzutage kann es ja schließlich nicht anders sein. Die Menschen sind schon gar zu gebildet geworden.«

Der Zug bewegte sich immer rascher und rascher und fuhr donnernd über die Schienenkreuzungen; ich konnte nicht recht hören, was die beiden sprachen, ihre Unterhaltung zog mich jedoch an und so rückte ich näher zu ihnen hin. Mein Gegenüber, der nervöse Herr mit den glänzenden Augen, interessierte sich anscheinend gleichfalls für den Gegenstand des Gespräches und hörte aufmerksam zu, ohne im übrigen seinen Platz zu verlassen.

»Was ist denn an der Bildung so Übles?« fragte die Dame mit kaum merklichem Lächeln. »Ist es vielleicht richtiger, sich so zu verheiraten, wie es in der alten Zeit geschah, als Bräutigam und Braut einander vorher überhaupt nicht zu Gesicht bekamen?« fuhr sie fort, indem sie nach Art vieler Damen nicht auf das eben Gesagte erwiderte, sondern darauf, was ihrer Meinung nach noch gesagt werden könnte.

»Sie wußten nicht, ob sie sich liebten, ob sie sich überhaupt jemals würden lieben können, und sie heirateten den ersten besten, um sich vielleicht ihr ganzes Leben lang zu quälen – ist das etwa nach Ihrer Meinung richtiger?« sagte sie, sich offenbar mehr an mich und an den Advokaten als an den Alten wendend, mit dem sie sich eigentlich unterhielt.

»Gar zu gebildet ist man heute geworden«, wiederholte der Kaufmann, sah die Dame verächtlich an und würdigte sie keiner Antwort.

»Ich wüßte gern, wie Sie den Zusammenhang zwischen der Bildung und der Unverträglichkeit in der Ehe erklären«, sagte kaum merklich lächelnd der Advokat.

Der Kaufmann wollte etwas sagen, doch die Dame fiel ihm ins Wort.

»Nein, die Zeiten sind vorbei«, begann sie und wollte weiterreden, doch der Advokat unterbrach sie.

»Lassen Sie doch, bitte, den Herrn seinen Gedanken klar aussprechen«, sagte er.

»Von der Bildung kommen alle Dummheiten«, sagte der Alte in entschiedenem Tone.

»Erst verheiratet man die jungen Leute miteinander, obwohl sie sich nicht lieben, und dann wundert man sich, daß sie sich nicht vertragen«, beeilte sich die Dame einzuwerfen und sah dabei mich und den Advokaten, ja sogar den Handlungsgehilfen an, der sich von seinem Platze erhoben hatte und, den Ellbogen auf die Rückenlehne gestützt, lächelnd das Gespräch mit anhörte.

»Nur Tiere lassen sich nach dem Willen des Besitzers paaren, während Menschen ihre Neigungen und Sympathien haben«, versetzte die Dame, die den Kaufmann offenbar herauszufordern suchte.

»Sie haben unrecht, wenn sie so reden, meine Gnädige«, erwiderte der Alte. »Ein Tier ist sozusagen ein Stück Vieh, dem Menschen aber ward das Gesetz gegeben.«

»Wie soll man denn aber mit einem Menschen zusammenleben, wenn keine Liebe da ist?« ereiferte sich die Dame, sichtbar bemüht, ihre

Anschauungen, die sie anscheinend für sehr neu hielt, in Worte zu kleiden.

»Früher legte man darauf nicht so viel Gewicht«, sagte der Alte in eindringlichem Tone. »Erst in neuerer Zeit ist das Mode geworden. Sobald etwas vorfällt, sagt die Frau gleich: ›Ich verlasse dich.‹ Auch bei den Bauern ist das jetzt so üblich geworden. ›Da,‹ sagt die Frau, ›hier sind deine Hemden und Hosen, ich geh zum Wanjka, der hat schönere Locken als du.‹ Da hilft kein Reden. Ein Weib muß vor allem durch Furcht im Zaum gehalten werden.«

Der Handlungsgehilfe sah erst den Advokaten, darauf die Dame, dann mich an und bezwang sein Lächeln, um die Worte des Kaufmanns zu bespötteln oder gutzuheißen, je nachdem, wie wir sie aufnehmen würden,

»Was für eine Furcht meinen Sie?« fragte die Dame.

»Die Furcht, die die Frau vor ihrem Manne haben soll. Diese Furcht meine ich.«

»Nun Väterchen, diese Zeiten dürften doch ein für allemal vorüber sein«, entgegnete die Dame mit einem gewissen Ingrimm.

»Nein, meine Gnädige, diese Zeiten werden noch lange nicht vorüber sein. Wie Eva, das Weib, aus der Rippe des Mannes geschaffen wurde, so wird es auch bleiben bis ans Ende der Welt«, sagte der Alte und schüttelte dabei so streng und triumphierend sein Haupt, daß der Handlungsgehilfe ihm ohne weiteres den Sieg zuerkannte und laut auflachte.

»Ja, so urteilt ihr Männer«, sagte die Dame, die durchaus nicht nachgeben wollte und uns in der Runde anblickte. »Euch selbst nehmt ihr jede Freiheit, die Frau aber wollt ihr unter Schloß und Riegel halten. Ihr dürft euch natürlich alles erlauben.«

»Wer hat da zu erlauben, nicht darum handelt es sich; durch uns Männer kommt kein Zuwachs ins Haus, aber eine Ehefrau bleibt eine Frau, ein leckes Gefäß«, fuhr der Kaufmann in seiner eindringlichen Weise fort.

Die überzeugende Tonart des Alten brachte die Zuhörer offenkundig auf seine Seite und auch die Dame fühlte sich bereits besiegt, doch gab sie noch immer nicht nach.

»Mag sein, aber ich denke, Sie werden doch zugeben, daß auch die Frau ein Mensch ist und Gefühle hat wie der Mann. Was soll sie nun tun, wenn sie ihren Gatten nicht liebt?«

»Nicht liebt!« wiederholte der Kaufmann finster und zuckte mit den Brauen und Lippen. »Nur keine Angst. Sie wird ihn schon lieben.« Dieses unerwartete Argument gefiel dem Handlungsgehilfen ganz besonders und er stieß einen Laut des Beifalls aus.

»Nein, sie wird ihn nicht lieben,« versetzte die Dame, »und wo keine Liebe ist, da hilft auch kein Zwang.«

»Und wenn die Frau dem Manne untreu wird – was dann?« fragte der Advokat.

»Das darf es nicht geben,« sagte der Kaufmann, »da heißt es eben die Augen offen halten.«

»Und wenn es doch geschieht? Schließlich kommt es doch einmal vor.«

»Bei andern Leuten mag es vorkommen, bei uns kommt es nicht vor«, sagte der Alte.

Alle schwiegen. Der Handlungsgehilfe rückte näher heran, und da er vermutlich hinter den andern nicht zurückstehen wollte, begann er lächelnd:

»Ja, bei einem Kollegen von mir ist auch so ein Skandal passiert. Schwer zu entscheiden, wen die Schuld trifft. Hatte das Pech, sich eine leichtsinnige Frau zu nehmen. Und die machte ihm tolle Streiche. Er war ein gesetzter, gescheiter Mensch. Zuerst ließ sie sich mit dem Buchhalter ein. Ihr Mann redete ihr im guten zu. Sie war nicht zu halten. Allerlei Gemeinheiten trieb sie. Sein Geld stahl sie ihm, da schlug er sie. Doch es wurde nur immer schlimmer mit ihr. Mit einem Ungetauften, einem Juden, mit Verlaub zu sagen, bändelte sie an. Was sollte er tun? Er ließ sie ganz und gar laufen. Unbeweibt lebt er jetzt, sie aber treibt sich herum.«

»Weil er ein Dummkopf ist«, sagte der Alte. »Hätte er sie gleich von Anfang an richtig im Zaume gehalten und ihr nicht nachgegeben, dann wäre sie schon bei ihm geblieben. Man muß von Hause aus die Zügel stramm ziehen. Trau dem Gaul nicht auf dem Felde und der Frau nicht im Hause!«

In diesem Augenblick trat der Schaffner ins Kupee und fragte nach den Fahrkarten zur nächsten Station. Der Alte gab seine Fahrkarte ab.

»Ja, die Weiber muß man bei Zeiten kurz halten, sonst geht die Sache schief!«

»Aber Sie haben doch eben selbst erzählt, wie verheiratete Leute sich auf dem Jahrmarkt in Kunawino belustigen!« platzte ich heraus.

»Das ist eine Sache für sich«, sagte der Kaufmann und versank in Schweigen.

Als das Haltesignal ertönte, erhob sich der Kaufmann, holte seine Reisetasche unter der Bank hervor, schlug die Pelzschöße übereinander, lüftete die Mütze und stieg aus dem Wagen.

II

Kaum war der Alte hinaus, so begann sofort eine mehrstimmige Unterhaltung.

»Ein Patriarch des Alten Testaments«, meinte der Handlungsgehilfe.

»Der leibhaftige Domostroj,« sagte die Dame, »was für eine rückständige Auffassung von der Frau und der Ehe!«

»Ja, wir sind noch weit entfernt von der europäischen Ansicht über die Ehe«, sagte der Advokat.

»Der Kernpunkt, den solche Leute eben nicht begreifen,« sagte die Dame, »liegt darin, daß eine Ehe ohne Liebe keine Ehe ist, daß nur die Liebe die Ehe heiligt und daß nur eine Ehe, die von der Liebe geheiligt ist, als richtige Ehe gelten kann.«

Der Handlungsgehilfe hörte zu und lächelte, augenscheinlich bemüht, möglichst viel von den klugen Gesprächen zu gelegentlichem Gebrauche zu behalten.

Während die Dame sprach, ließ sich hinter meinem Rücken ein Laut wie ein ersticktes Lachen oder ein Knurren hören und wir erblickten meinen Nachbar, den grauhaarigen Krauskopf mit den glänzenden Augen, der während der ihn offenbar interessierenden Unterhaltung unbemerkt zu uns herangetreten war. Er stand die Hände auf die Lehne seines Sitzes stützend da und war sichtlich erregt: sein Gesicht war gerötet und der eine Wangenmuskel zuckte beständig.

»Was ist denn das für eine Liebe . . . Liebe . . . die die Ehe heiligt?« sagte er stockend.

Die Dame bemerkte seine Erregung und bemühte sich, ihm so sanft und ausführlich wie möglich zu antworten.

»Die wahre Liebe . . . Besteht diese Liebe zwischen Mann und Frau, so ist auch eine Ehe möglich«, sagte die Dame.

»Ganz recht – aber was soll man unter der wahren Liebe verstehen?«
fragte schüchtern lächelnd der Herr mit den glänzenden Augen.

»Jedermann weiß doch, was Liebe ist«, sagte die Dame, die offenbar
die Unterhaltung mit ihm abzubrechen wünschte.

»Ich weiß es aber nicht«, sagte der Herr. »Wollen Sie mir genauer
erklären, was Sie darunter verstehen!«

»Wie denn? Die Sache ist doch sehr einfach«, begann die Dame, dachte
jedoch einen Augenblick nach. »Liebe ist die ausschließliche
Bevorzugung eines Mannes oder einer Frau vor allen übrigen«, erklärte
sie schließlich.

»Bevorzugung – auf wie lange? Auf einen oder zwei Monate oder auf
eine halbe Stunde?« fragte der grauhaarige Herr und lachte hell auf.

»Nein, gestatten Sie – Sie reden anscheinend von etwas anderem.«

»Durchaus nicht, ich rede von demselben Thema.«

»Die Dame meint,« mischte der Advokat sich ein, »die Ehe müsse
erstens einmal auf gegenseitiger Zuneigung – Liebe, wenn Sie wollen
– beruhen; nur wenn diese vorhanden sei, könne die Ehe sozusagen als
etwas Heiliges gelten; jede Ehe dagegen, der diese natürliche
Zuneigung – oder Liebe, wenn Sie wollen – nicht zugrunde liegt, trage
nichts sittlich Bindendes in sich. Habe ich Sie richtig verstanden?«
wandte er sich an die Dame.

Die Dame gab ihm durch ein Kopfnicken zu verstehen, daß er ihre
Auffassung richtig dargelegt habe.

»Weiterhin . . .« wollte der Advokat in seiner Rede fortfahren, doch
der nervöse Herr, dessen Augen jetzt wirklich wie im Feuer glühten
und der sich kaum noch beherrschen konnte, ließ den Advokaten nicht
weitersprechen, sondern begann selbst:

»Gewiß, ich rede von eben derselben Bevorzugung eines Mannes oder
einer Frau vor allen übrigen, und doch frage ich: eine Bevorzugung auf
wie lange Frist?«

»Auf wie lange Frist? Auf sehr lange – zuweilen für das ganze Leben«,
sagte die Dame achselzuckend.

»Aber das kommt ja nur in Romanen vor, niemals in Wirklichkeit. In
Wirklichkeit hält diese Bevorzugung des einen vor den andern
vielleicht ein paar Jahre an, was sehr selten ist, häufiger ein paar
Monate oder Wochen, zumeist jedoch bemißt sie sich nur nach Tagen
oder Stunden«, sagte der Grauhaarige, der sehr wohl zu wissen schien,

daß er alle durch seine Meinungsäußerung in Erstaunen versetzte und darin ein gewisses Vergnügen fand.

»Ach, was sagen Sie da! Nicht doch, nein . . . Nein, erlauben Sie einmal«, begannen wir alle drei wie aus einem Munde. Sogar der Handlungsgehilfe ließ zum Zeichen des Protestes einen unbestimmten Laut vernehmen.

»Nun ja, ich weiß,« überschrie uns der grauhaarige Herr, »Sie sprechen von dem, was man für Wirklichkeit *hält*, ich aber spreche von dem, was wirklich *ist*. Jeder Mann empfindet das, was Sie Liebe nennen, für jede hübsche Frau.«

»Ach, das ist ja schrecklich, was Sie da sagen! Gibt es denn unter den Menschen nicht jenes Gefühl, das man Liebe nennt, und das nicht nur Monate und Jahre, sondern das ganze Leben lang vorhält?«

»Nein, ein solches Gefühl gibt es nicht. Angenommen, selbst, ein Mann würde eine bestimmte Frau allen andern Frauen für das ganze Leben vorziehen, so würde doch die Frau aller Wahrscheinlichkeit nach einen andern vorziehen. So war es und so ist es immer in der Welt«, sagte er, zog eine Zigarette aus seinem Etui und zündete sie an.

»Aber das Gefühl kann doch auch gegenseitig sein«, sagte der Advokat.

»Nein, das ist unmöglich,« versetzte der Grauhaarige, »wie es unmöglich ist, daß auf einer Fuhre voll Erbsen zwei vorher markierte Erbsen nebeneinander zu liegen kommen. Es handelt sich übrigens hier nicht bloß um eine Frage der Wahrscheinlichkeit, sondern es tritt eben Übersättigung ein. Sein Leben lang einen einzigen Mann oder eine einzige Frau lieben – das wäre etwa dasselbe, wie behaupten wollen, daß eine Kerze das ganze Leben lang brennen werde«, sagte er und zog gierig an seiner Zigarette.

»Aber Sie sprechen immer nur von der sinnlichen Liebe. Geben Sie nicht zu, daß es daneben eine Liebe gibt, die auf der Übereinstimmung der Ideale, auf geistiger Verwandtschaft beruht?« sagte die Dame.

»Geistige Verwandtschaft! Übereinstimmung der Ideale!« wiederholte er und ließ seinen Laut hören. »Aber dann brauchen sie doch nicht miteinander zu schlafen – verzeihen Sie, daß ich so geradezu rede! Um der Übereinstimmung der Ideale willen legen sich also die Menschen zusammen schlafen!« sagte er und lachte nervös auf.

»Aber gestatten Sie,« sagte der Advokat, »die Tatsachen widersprechen dem, was Sie sagen. Wir sehen, daß Ehen existieren, daß die Menschheit oder doch ihre Mehrheit im Ehestande lebt, und daß viele Paare ein langjähriges, ehrbares Eheleben führen.«

Der grauhaarige Herr lachte wieder auf.

»Sie sagen, die Ehen seien auf Liebe begründet; wenn ich aber bezweifle, daß es neben der sinnlichen Liebe eine andere gibt, dann wollen Sie mir die Existenz dieser andern Liebe damit beweisen, daß Ehen existieren. Die Ehen aber sind doch in unserer Zeit geradezu ein Betrug!«

»Durchaus nicht – erlauben Sie, bitte!« sagte der Advokat, »ich sage nur, daß Ehen existiert haben und noch existieren.«

»Gewiß existieren sie! Aber wo und wie existieren sie? Sie existierten und existieren bei den Leuten, die in der Ehe etwas Geheimnisvolles sehen, ein Sakrament, das vor Gott verpflichtet. Bei diesen Leuten existiert eine Ehe, bei uns jedoch nicht. Bei uns heiraten die Leute, ohne in der Ehe etwas anderes zu sehen als eine Paarung, und das Ende vom Liede ist Betrug oder Gewalttat. Der Betrug wird noch einigermaßen leicht ertragen. Mann und Frau lügen den Leuten vor, daß sie in der Einehe leben, in Wirklichkeit jedoch leben sie in Vielweiberei und Vielmännerei; das ist widerwärtig, aber es geht noch an; doch wenn, wie es zumeist der Fall ist, Mann und Frau die äußerliche Verpflichtung übernommen haben, ihr ganzes Leben lang gemeinsam zu leben und schon vom zweiten Monat an einander hassen und den Wunsch hegen, sich zu trennen, und dennoch zusammen weiterleben, dann entsteht jene fürchterliche Hölle, in welcher Trunksucht, Revolver und Gift, Mord und Selbstmord ihre verhängnisvolle Rolle spielen.« Er hatte das alles ganz rasch gesagt, ließ niemanden zu Worte kommen und war mehr und mehr in Hitze geraten. - Eine peinliche Stimmung herrschte unter uns.

»Gewiß, ohne Zweifel gibt es kritische Episoden im Eheleben«, sagte der Advokat, der dem anstößigen, hitzigen Tone des Gespräches ein Ende machen wollte.

»Sie haben mich erkannt, wie ich sehe?« sagte der grauhaarige Herr leise und scheinbar ruhig.

»Nein, ich habe nicht das Vergnügen, Sie zu kennen.«

»Das Vergnügen wäre nicht allzu groß. Ich bin Posdnyschew, der Mann, dem jene kritische Episode passiert ist, auf die Sie angespielt haben – der Mann, der seine Frau getötet hat«, sagte er und ließ seinen Blick rasch über uns alle hingleiten.

Niemand faßte sich schnell genug, um ihm etwas zu erwidern, und alles schwieg.

»Nun, gleichviel,« sagte er und stieß wieder seinen Laut aus. »Verzeihen Sie übrigens ... äh! Ich will nicht weiter stören.«

»Oh, nicht doch, bitte recht sehr«, sagte der Advokat, ohne selbst zu wissen, um was er eigentlich »bitten« sollte. Posdnyschew hörte jedoch nicht auf ihn, wandte sich rasch um und ging auf seinen Platz. Der Advokat flüsterte mit der Dame. Ich saß jetzt neben Posdnyschew und wußte nicht, was ich sagen sollte. Zum Lesen war es zu dunkel, so schloß ich die Augen und stellte mich, als wollte ich einschlafen. Schweigend fuhren wir bis zur nächsten Station.

Auf dieser Station stiegen der Advokat und die Dame in einen andern Wagen, sie hatten das schon vorher mit dem Schaffner verabredet. Der Handlungsgehilfe hatte sich auf der Sitzbank ausgestreckt und war eingeschlafen, Posdnyschew rauchte und trank seinen Tee, den er sich schon auf der vorhergehenden Station bereitet hatte.

Als ich die Augen öffnete und ihn ansah, wandte er sich plötzlich in erregtem, heftigem Tone an mich:

»Es ist Ihnen vielleicht unangenehm, neben mir zu sitzen, nachdem Sie wissen, wer ich bin? Dann will ich hinausgehen.«

»O nein, ich bitte Sie!«

»Nun, dann erlaube ich mir, Ihnen ein Glas Tee anzubieten. Er ist aber sehr stark.«

Er schenkte mir ein Glas Tee ein.

»Da machen sie nun schöne Worte. . . . Und alles ist Lüge....« sagte er.

»Wovon reden Sie?« fragte ich.

»Immer noch von derselben Sache: von der sogenannten Liebe und was so drum und dran ist. Sie wollen vielleicht schlafen?«

»Nein, ich bin nicht müde.«

»Dann will ich Ihnen, wenn Sie gestatten, erzählen, wie ich durch eben diese Liebe zu alledem gekommen bin, was ich erlebt habe.«

»Ja, wenn es Ihnen nicht schwer fällt.«

»Nein, eher fällt mir das Schweigen schwer. Trinken Sie, bitte – oder ist Ihnen der Tee zu stark?«

Der Tee war in der Tat so dunkel wie Bier, doch ich trank mein Glas aus. In diesem Augenblick ging der Schaffner durch das Kupee. Posdnyschew folgte ihm mit finsterem Blick und begann erst, als er fort war.

III

Nun, so will ich Ihnen also erzählen . . . Es ist Ihnen doch recht?«
Ich versicherte nochmals, daß es mir sehr recht sei. Er schwieg eine
Weile, fuhr sich mit den Händen über das Gesicht und begann:
»Wenn ich schon davon erzähle, so muß ich alles von Anfang an
erzählen: ich muß erzählen, wie und weshalb ich heiratete und wes
Geistes Kind ich vor meiner Heirat gewesen bin.
»Ich lebte vor meiner Heirat so, wie alle – d. h. alle, die zu unserem
Gesellschaftskreise gehören – zu leben pflegen. Ich bin Gutsbesitzer,
Kandidat der Universität und war Adelsmarschall. Ich lebte bis zu
meiner Heirat wie alle leben, d. h. ich gab mich Ausschweifungen hin
und war überzeugt, daß ich ein ganz normales Leben führe. Ich hielt
mich für einen lieben Jungen und einen durchaus moralischen
Menschen. Ich war kein Verführer, hatte keine unnatürlichen
Neigungen und machte den Sinnengenuß nicht zum Hauptziel meines
Lebens, wie das so viele meiner Altersgenossen taten, sondern gab
mich der Ausschweifung mit Maß, auf anständige Art, um der
Gesundheit willen hin. Ich ging solchen Frauen aus dem Wege, die
mich durch die Geburt eines Kindes oder durch allzu große
Anhänglichkeit an meine Person hätten fesseln können.
»Übrigens, vielleicht waren Kinder da, und vielleicht war auch
gelegentlich eine größere Anhänglichkeit vorhanden, doch ist stellte
mich so, als ob nichts davon da wäre. Und das hielt ich nicht nur für
moralisch, sondern ich bildete mir gar etwas darauf ein...«
Er hielt inne und gab seinen Laut von sich, wie er immer zu tun pflegte,
wenn ihm offenbar ein neuer Gedanke durch den Kopf ging.
»Darin liegt ja gerade die Hauptgemeinheit«, schrie er auf. »Die
Ausschweifung beruht nicht auf irgend etwas Physischem – physische
Unanständigkeit ist bei weitem noch keine Ausschweifung; die
Ausschweifung besteht gerade darin, daß der Mann sich von jeglicher
moralischen Beziehung zu der Frau, mit der er in physischen Verkehr
tritt, für frei hält. Und eben diese Selbstbefreiung rechnete ich mir
sogar zum Verdienst an. Ich erinnere mich, welche Qual es mir
bereitete, als ich einstmals einer Frau, die sich mir wahrscheinlich aus
Liebe hingegeben hatte, kein Geld hatte geben können und wie ich
mich erst beruhigte, als ich ihr eine gewisse Summe übersandt und

damit zu verstehen gegeben hatte, daß ich mich nunmehr ihr gegenüber in keiner Weise für moralisch gebunden erachte ... Nicken Sie nicht mit dem Kopfe, als wenn Sie mir beistimmten!« schrie er mich plötzlich an. »Ich kenne diese Mätzchen. Wir alle, und auch Sie, wenn Sie nicht eine seltene Ausnahme bilden, haben bestenfalls dieselben Ansichten, die auch ich damals hatte. Nun, gleichviel, nehmen Sie es mir nicht übel,« fuhr er fort, »aber die Sache ist eben die, daß das alles so entsetzlich, entsetzlich, entsetzlich ist!«

»Was ist so entsetzlich?« fragte ich.

»Dieser Abgrund der Verirrung, worin wir hinsichtlich der Frauen und der Beziehungen zu ihnen dahinleben. Nein, ich vermag davon nicht ruhig zu sprechen – nicht darum, weil mir diese ›Episode‹, wie jener Herr sich ausdrückte, zugestoßen ist, sondern weil mir seit der bewußten Episode die Augen aufgegangen sind und ich alles in einem völlig neuen Lichte sehe. Alles umgekehrt, alles umgekehrt!«

Er zündete sich eine Zigarette an, stützte die Ellbogen auf die Knie und begann aufs neue.

In der Dunkelheit konnte ich sein Gesicht nicht sehen, sondern hörte nur durch das Rütteln des Wagens seine eindringliche, wohlklingende Stimme.

IV

Ja, nur dank den Leiden, die ich erduldete, nur durch sie habe ich die Wurzel alles Übels erkannt, und begriffen, wie alles sein sollte, und darum die ganze Entsetzlichkeit des Bestehenden durchschaut.

»Wollen Sie nun gefälligst aufmerken, wie und wann das seinen Anfang nahm, was schließlich zu meiner Episode führte. Es begann zu einer Zeit, da ich noch nicht volle sechzehn Jahre zählte. Ich war damals noch auf dem Gymnasium und mein älterer Bruder stand als Student im ersten Semester. Ich kannte die Frauen noch nicht, doch war ich, wie all die unglücklichen Kinder unserer Gesellschaftskreise, kein unschuldiger Knabe mehr; seit mehr als einem Jahre war ich bereits durch andere Knaben verdorben. Schon machte mir die Frau zu schaffen, nicht eine bestimmte Frau, sondern die Frau als ein süßes

Etwas, die Frau schlechthin, jede Frau, die Nacktheit der Frau war es, die mich bereits peinigte. In den Stunden der Einsamkeit vermochte ich nicht, meine Reinheit zu wahren. Ich litt und quälte mich, wie neunundneunzig vom Hundert unserer Knaben sich quälen. Entsetzen ergriff mich, ich duldete, ich betete – und kam immer wieder zu Falle. Ich war bereits verdorben in Gedanken und in Wirklichkeit, den letzten Schritt jedoch hatte ich noch nicht getan. Ich ging allein dem Untergange entgegen, hatte aber noch nicht Hand angelegt an ein anderes menschliches Wesen.

Doch ein Kamerad meines Bruders, gleichfalls Student, ein lustiger Bursche, ein sogenannter guter Kerl, d. h. ein richtiger Taugenichts, der uns auch das Trinken und Kartenspielen beigebracht hatte, überredete uns nach einer Kneiperei, ›dahin‹ zu fahren. Und so fuhren wir denn da hin. Mein Bruder, der gleichfalls noch unschuldig war, kam in jener Nacht zu Falle. Und ich, der sechzehnjährige, unreife Bursche, besudelte mich selbst und half ein Weib besudeln, ohne auch nur im geringsten zu begreifen, was ich tat. Hatte mir doch niemand von den Älteren je gesagt, daß das, was ich tat, etwas Böses sei. Auch heute wird man eine solche Warnung nie zu hören bekommen. In den ›zehn Geboten‹ ist davon allerdings die Rede, gewiß, aber die ›zehn Gebote‹ sind doch schließlich nur dazu da, daß man dem Religionslehrer bei der Prüfung eine Antwort gibt, auch sind diese Gebote lange nicht so wichtig, wie das Gebot über den richtigen Gebrauch des ›ut‹ in Bedingungssätzen.

So hatte ich von allen älteren Leuten, auf deren Meinung ich Wert legte, nie davon gehört, daß es sich dabei um etwas Böses handle. Im Gegenteil hatte ich von diesen Leuten, die ich hochschätzte, immer nur gehört, die Sache sei durchaus gut und löblich. Ich hatte gehört, daß meine Kämpfe und Leiden danach zum Stillstand kommen würden, hatte es gehört und gelesen; von älteren Leuten hatte ich gehört, daß diese Sache der Gesundheit dienlich sei, und die Kameraden meinten, es läge darin etwas Verdienstliches, eine gewisse Schneidigkeit. Man sah also darin nur lauter Gutes. Die Gefahr einer Erkrankung? Auch dafür ist Vorsorge getroffen. Die Polizeibehörde trifft ihre umsichtigen Maßnahmen. Sie überwacht und regelt das Leben der Freudenhäuser und schützt die Ausschweifungen der Gymnasiasten. Besoldete Ärzte tragen Sorge dafür. Somit ist alles aufs beste bestellt. Sie behaupten, die Ausschweifung sei der Gesundheit zuträglich, und sie achten darauf, daß die Ausschweifung ihren wohlgeregelten, geordneten Gang nehme. Ich kenne Mütter, die in dieser Hinsicht sich selbst um die Gesundheit ihrer Söhne bekümmern. Und auch die Wissenschaft schickt ja die jungen Leute in die Freudenhäuser.«

»Die Wissenschaft? Wieso?« fragte ich.

»Nun, was sind denn die Ärzte anderes als Priester der Wissenschaft! Wer verdirbt denn die jungen Leute durch die Behauptung, daß dies für die Gesundheit notwendig sei – wer denn anders als sie? Und dann kurieren sie mit dem ernstesten Gesichte von der Welt – die Syphilis!«

»Warum soll man denn die Syphilis nicht heilen?«

»Weil, wenn auch nur der hundertste Teil der Anstrengungen, welche auf die Heilung der Syphilis verwandt werden, der Bekämpfung des Lasters gewidmet würde, die Syphilis längst ausgerottet wäre.

So aber werden diese Anstrengungen nicht zur Bekämpfung der Ausschweifung, sondern zu ihrer Förderung, zur Sicherung ihrer Gefahrlosigkeit verwendet. Doch nicht das ist der Kernpunkt der Sache. Der Kernpunkt ist vielmehr, daß ich, gleich neun Zehnteln – oder noch mehr – der jungen Leute unserer Kreise, ja überhaupt aller, auch der bäuerlichen Kreise, das Unglück hatte, nicht dem natürlichen Zauber der Reize einer bestimmten Frau zu erliegen. Nein, nicht *eine* Frau hat mich verführt, sondern ich erlebte diesen sittlichen Fall darum, weil die Angehörigen des mich umgebenden Gesellschaftskreises in meinem sittlichen Fall teils eine normale, gesundheitsfördernde Funktion, teils einen völlig natürlichen, nicht nur verzeihlichen, sondern sogar unschuldigen Zeitvertreib eines jungen Mannes sahen. Ich begriff gar nicht, daß hier von einem sittlichen Fall die Rede sein könne; ich begann mich diesen Dingen einfach hinzugeben, die einerseits als Vergnügen, andrerseits als Bedürfnis gelten und, wie man mir eingeprägt hatte, einem bestimmten Alter eigentümlich seien, begann mich dieser Ausschweifung hinzugeben, wie ich seinerzeit mit dem Trinken und Rauchen begonnen hatte. Und doch lag in diesem ersten sittlichen Fall etwas Besonderes und tief Bewegendes.

Ich erinnere mich, daß mir gleich dort, an Ort und Stelle, bevor ich noch das Zimmer verlassen hatte, ganz traurig zumute wurde, so traurig, daß ich nahe daran war, zu weinen. Zu weinen um meine verlorene Unschuld, um das für immer zerstörte Verhältnis zum Weibe. Ja, das natürliche, einfache Verhältnis zum Weibe war für mich auf immer verloren; ein reines Verhältnis zum Weibe gab es seither für mich nicht mehr und konnte es nicht mehr geben. Ich war das geworden, was man einen Wüstling nennt. Und ein Wüstling zu sein, ist ein ähnlicher physischer Zustand wie der Zustand des Morphinisten, des Trinkers, des Rauchers. Wie der Morphinist, der Trinker, der Raucher kein normaler Mensch mehr ist, so ist der Mann, der mehrere Frauen zu seinem Genusse kennengelernt hat, kein normaler Mensch mehr, sondern ein für immer verdorbener ›Wüstling‹. Wie man den Trinker und den Morphinisten sogleich am Gesichte und am ganzen Gebaren erkennt, so ist auch der Wüstling sogleich als solcher zu erkennen. Der Wüstling mag sich bemühen, enthaltsam zu sein und seinen Hang zu bekämpfen – eine einfache, klare, reine Beziehung zum Weibe, wie die Beziehung des Bruders zur Schwester, wird es für ihn niemals mehr geben. An der Art, wie er aufblickt und ein junges Weib ansieht, ist der Wüstling zu erkennen. So war ich also ein Wüstling geworden und blieb ein solcher, und das eben war es, was mich zugrunde gerichtet hat.«

V

Ja, so ist es; dann ging es weiter und weiter, ich hatte alle möglichen Verhältnisse. Mein Gott, wenn ich so an alle Gemeinheiten zurückdenke, die ich in dieser Hinsicht begangen habe, dann erfaßt mich ein wahrer Schrecken. Und dabei lachten mich die Kameraden noch aus wegen meiner sogenannten Unschuld. Was bekam man erst zu hören, wenn von der goldenen Jugend, den Offizieren, den Gecken nach Pariser Art die Rede war! Und wie kamen sich alle diese Herren, darunter auch ich, diese dreißigjährigen Lebemänner, die wohl Hunderte aller möglichen abscheulichen Verbrechen gegen die Frauen auf dem Gewissen hatten, wie kamen sie sich vor, wenn sie sauber gewaschen, glatt rasiert und parfümiert, in schimmernder Wäsche, in Frack oder Uniform in den Empfangssalon oder den Ballsaal traten – ein wahres Sinnbild der Reinheit, zum Entzücken!
Bedenken Sie doch einmal, wie es eigentlich sein müßte, und wie es in Wirklichkeit ist! Es müßte so sein: wenn in einer Gesellschaft ein

solcher Herr sich meiner Schwester oder Tochter nähert, so müßte ich, der ich sein Leben kenne, zu ihm hintreten, ihn auf die Seite nehmen und ihm leise ins Ohr flüstern: ›Mein Lieber, ich weiß, was für ein Leben du geführt hast, wie und mit wem du deine Nächte verbringst. Du gehörst nicht hierher. Hier sind reine, unschuldige Mädchen. Entferne dich!‹ So müßte es sein; in Wirklichkeit aber ist es so, daß, wenn ein solcher Herr auf der Bildfläche erscheint und mit meiner Schwester oder Tochter tanzt und sie an sich preßt, wir förmlich jubeln, wofern er nur reich ist und gute Verbindungen hat. Wer weiß, vielleicht macht er nach dieser oder jener berühmten Kurtisane auch meine Tochter glücklich! Und wenn selbst Spuren einer Erkrankung an ihm verblieben sind – was tut es? Heutzutage bringt die Medizin so etwas ganz leicht weg. Ja, ich kenne sogar ein paar Mädchen aus den höheren Kreisen, die von ihren Eltern bereitwilligst an Männer verheiratet wurden, denen eine gewisse Krankheit tief im Leibe saß. Oh, oh ... welche Gemeinheit! Doch es kommt die Zeit, da auch diese Gemeinheit und Lüge entlarvt werden wird!«

Er ließ mehrmals seinen sonderbaren Laut hören und machte sich an seinen Tee. Der Tee war sehr stark – es war kein Wasser da, um ihn zu verdünnen. Ich spürte es, wie sehr mich die zwei Gläser erregten, die ich getrunken hatte. Auch auf ihn mußte der Tee wohl eingewirkt haben, denn er wurde immer erregter. Seine Stimme nahm immer mehr einen markanten, singenden Ausdruck an. Jeden Augenblick wechselte er seine Haltung, nahm seine Mütze ab, setzte sie wieder auf und sein Gesicht veränderte sich ganz seltsam in dem Halbdunkel, worin wir saßen.

»So also lebte ich bis zu meinem dreißigsten Jahre,« fuhr er fort, »und nicht einen Augenblick gab ich die Absicht auf, zu heiraten und ein ganz ideales, reines Familienleben zu begründen, und in dieser Absicht sah ich mich eifrig unter den jungen Mädchen um, die für mich in Betracht kommen konnten. Ich besudelte mich selbst mit dem Schmutz der Ausschweifung und schaute gleichzeitig nach jungen Mädchen aus, die im Punkte der Keuschheit meiner würdig wären! Viele schied ich eben darum aus dem Wettbewerb aus, weil sie mir nicht rein genug erschienen; endlich aber fand ich eine, die ich für würdig erachtete, meine Gattin zu werden. Es war eine der beiden Töchter eines Gutsbesitzers aus dem Gouvernement Pensa, der einstmals sehr reich gewesen war, jedoch sein Vermögen verloren hatte.

Eines Abends, nachdem wir zusammen eine Kahnfahrt gemacht hatten und beim Mondschein heimgekehrt waren, saß ich neben ihr und war ganz entzückt von ihrem schlanken, in eine knappe englische Robe gepreßten Figürchen und ihren Locken; plötzlich kam ich zu dem Entschluß: sie und keine andere ist es! Es schien mir an jenem Abend, daß sie alles, alles verstehe, was ich fühlte und dachte. In Wirklichkeit lag nichts weiter vor, als daß die englische Robe und die Locken ihr ausnahmsweise gut zu Gesichte standen, und daß ich nach dem in ihrer traulichen Nähe verbrachten Tag den Wunsch nach noch intimerer Traulichkeit hegte.

Merkwürdig, wie leicht die Menschen der Illusion verfallen, daß Schönheit zugleich auch Güte sei! Eine schöne Frau kann ruhig Dummheiten schwatzen – man hört ihr zu und hört nicht die Dummheiten heraus, sondern nur lauter kluge Sachen. Sie redet und tut häßliche Dinge – und man findet alles nett. Redet sie nun gar weder dumme noch häßliche Dinge und ist sie wirklich schön: gleich bildet man sich ein, sie sei ein Wunder an Verstand und Tugend.

Ich war in einem Wonnerausch heimgekehrt, vollkommen überzeugt, daß sie der Gipfel sittlicher Vollkommenheit, daher würdig sei, meine Gattin zu werden, und so trug ich ihr denn am nächsten Tage meine Hand an.

Was für eine Begriffsverwirrung! Unter tausend Männern, die heiraten, gibt es – nicht nur in unseren Kreisen, sondern leider auch in den breiten Volksschichten – kaum einen einzigen, der nicht vorher schon zehn-, ja, wie Don Juan, hundert- und tausendmal verheiratet gewesen wäre.

Es gibt allerdings heutigestags, wie man mir sagt, und wie ich selbst beobachtet habe, sittenreine junge Leute, die da fühlen und wissen, daß dies kein Scherz ist, sondern eine sehr, sehr ernste Sache.

Gott segne sie! Zu meiner Zeit gab es nicht *einen* einzigen auf zehntausend. Und alle wissen das und stellen sich so, als ob sie es nicht wüßten. In allen Romanen sind die Gefühle der Helden, die Teiche und Gebüsche, an denen sie entlang wandeln, bis ins kleinste geschildert; doch wenn die große Liebe solch eines Helden zu irgendeinem Mädchen beschrieben wird, verschweigt man wohlweislich, was mit ihm, diesem interessanten Helden, früher vorgefallen ist; kein Wort verlautet von seinen Besuchen in den Freudenhäusern, von seinen Abenteuern mit Stubenmädchen, Köchinnen und fremden Frauen.

Wenn aber solche ›unanständigen‹ Romane dennoch existieren, so gibt man sie gerade denjenigen nicht in die Hand, die sie vor allem lesen sollten, nämlich – den jungen Mädchen.

Den jungen Mädchen wird zunächst einmal vorgeheuchelt, daß die Unsittlichkeit, die die Hälfte des Lebens unserer Städte und selbst unserer Dörfer ausfüllt, überhaupt gar nicht existiere. Dann gewöhnt man sie so sehr an diese Heuchelei, daß sie schließlich, wie die Engländer, allen Ernstes zu glauben beginnen, wir seien alle sehr moralische Menschen und lebten in einer sehr moralischen Welt. Die armen Mädchen glauben das wirklich steif und fest. Auch meine unglückliche Frau glaubte es. Ich erinnere mich, wie ich einmal als Verlobter ihr mein Tagebuch zeigte, aus dem sie wenigstens einiges aus meiner Vergangenheit erfahren konnte, namentlich über mein letztes Verhältnis, über das sie leicht auch von anderer Seite unterrichtet werden konnte, so daß ich es vorzog, sie selbst darüber einiges wissen zu lassen. Ich erinnere mich ihres Entsetzens, ihrer Verzweiflung, ihrer Verwirrung, als sie alles erfahren und begriffen hatte. Ich sah, daß sie damals mit mir brechen wollte. Ach, warum hat sie es nicht getan?...«

Er ließ wieder seinen Laut hören, schlürfte noch einen Schluck Tee und schwieg eine Weile.

VI

Doch nein, es ist besser so, wirklich besser!« rief er dann laut aus. »Es ist mir ganz recht geschehen. Aber nicht davon soll die Rede sein. Ich wollte sagen, daß die Betrogenen hier doch eigentlich nur die unglücklichen Mädchen sind.

Die Mütter wissen das recht gut, namentlich jene Mütter, die von ihren Männern erzogen worden sind.

Und während sie sich so stellen, als glaubten sie an die Reinheit der Männer, handeln sie in der Praxis ganz anders. Sie wissen, mit welchem Köder sie für sich und ihre Töchter die Männer fangen sollen. Nur wir Männer allein wissen es nicht – und zwar wissen wir es darum nicht, weil wir es nicht wissen wollen, während die Frauen sehr wohl wissen, daß die sogenannte ideale Liebe nicht von moralischen Vorzügen abhängt, sondern von der physischen Vertraulichkeit und von solchen Dingen wie die Frisur, die Farbe und der Schnitt des Kleides. Fragen Sie eine erfahrene Kokette, die es sich vorgenommen hat, einen Mann zu bezaubern, was sie eher riskieren würde: in seiner Gegenwart der Lüge, der Grausamkeit, ja selbst der Unsittlichkeit überführt zu werden oder in einem schlecht gearbeiteten, geschmacklosen Kleide vor ihm zu erscheinen! Jede einzelne wird sich für das erste entscheiden. Sie weiß, daß die erhabenen Gefühle, die unsereins zur Schau trägt, durch und durch erlogen sind, daß es dem Manne nur auf den Körper ankommt, daß er alle Laster verzeiht, nicht aber ein häßliches, schlecht gearbeitetes, geschmackloses Kleid.

Die Kokette ist sich dessen klar bewußt, dem unschuldigen Mädchen aber sagt es, wie den Tieren, eine aus dem Unbewußten kommende Empfindung.

Daher diese englischen Roben, diese abscheulichen Tournüren, diese nackten Schultern, Arme und womöglich auch Brüste. Die Frauen, namentlich jene, die durch die Schule der Männer gegangen sind, wissen sehr wohl, daß die Gespräche über ideale Dinge eben nur Gespräche sind, und daß der Mann nur nach dem Körper verlangt und nach alledem, was diesen anziehend und verlockend erscheinen läßt. Und danach richten sie sich dann auch.

Streifen wir nur einmal die Gewöhnung an diese Zuchtlosigkeit ab, die uns zur zweiten Natur geworden ist, und betrachten wir das Leben unserer höheren Klassen in der ganzen Schamlosigkeit, in der es sich darstellt, dann haben wir tatsächlich nichts weiter vor uns als ein einziges Freudenhaus ... Sie wollen das bestreiten? Gestatten Sie, ich will es Ihnen beweisen«, versetzte er, mich unterbrechend. »Sie sagen, die Frauen unserer Gesellschaft hätten andere Interessen als die Frauen in den Freudenhäusern, und ich sage Ihnen: das ist nicht der Fall, und ich werde Ihnen das beweisen. Wenn zwei Menschen sich in ihren Lebenszielen und ihrem Lebensinhalt unterscheiden, so wird dieser Unterschied zweifellos auch in ihrem Äußeren zutage treten, dieses Äußere wird bei beiden verschieden sein. Werfen Sie nur einen Blick auf jene Unglücklichen, Geächteten, und auf die vornehmen Damen unserer höchsten Gesellschaft: dieselben Toiletten, derselbe Schnitt, dieselben Parfüms, dieselben nackten Arme, Schultern und Brüste und dieselben knappen, prallen Tournüren;

die gleiche Schwäche für Edelsteine, für kostspielige, blitzende Gegenstände, die gleiche Vorliebe für Vergnügungen und Tanz, für Musik und Gesang. Gleichwie jene die Männer durch alle möglichen Mittel anzulocken suchen, so auch diese. Nur daß die Prostituierten ›für kurze Frist‹ in der Regel mit Verachtung behandelt werden, während die Prostituierten ›für lange Frist‹ volle Hochachtung genießen.«

VII

Ja, so wurden also diese englischen Taillen, diese Locken und Tournüren für mich sozusagen zu Fallen. Mich zu fangen, war übrigens leicht, weil ich unter ähnlichen Bedingungen wie die meisten jungen Leute aufgewachsen war, bei denen die verliebten Gefühle wie Gurken im Warmhause aufschießen. Unsere aufreizende, überreichliche Kost bei völliger Enthaltung von körperlicher Arbeit ist ja schließlich nichts anderes als eine systematische Aufreizung unserer Sinnlichkeit. Sie mögen das mit Staunen hören oder nicht, es ist einmal so. Auch ich hatte für alles das bis in die letzte Zeit keinen Blick. Jetzt aber bin ich sehend geworden. Darum peinigt es mich auch so, daß niemand die Sache klar übersieht und daß die Menschen so törichtes Zeug darüber reden, wie vorhin diese Dame hier.

Ja . . . in meiner Nachbarschaft arbeiteten im Frühjahr die Bauern an der Aufschüttung des Eisenbahndammes. Die gewöhnliche Nahrung des Bauernburschen besteht aus Brot, Kwas und Zwiebeln; er bleibt dabei lebhaft, kräftig und gesund und ist imstande, tüchtige Feldarbeit zu verrichten. Arbeitet er auf der Eisenbahn, so besteht seine Kost aus Grütze und einem Pfund Fleisch täglich. Dieses Fleischquantum jedoch setzt er in sechzehnstündiger Arbeitszeit, hinter einem Karren von dreißig Pud, in Kraft um. Und er befindet sich wohl dabei. Wir aber verzehren täglich zwei Pfund Rindfleisch, dazu Wild und Fische und allerhand erhitzende Speisen und Getränke – wie soll der Körper das alles verarbeiten? Er setzt es in sinnliche Exzesse um. Wird das Sicherheitsventil nach dieser Richtung geöffnet und funktioniert es richtig, so ist alles in Ordnung; schließt man das Ventil jedoch, wie ich es zuzeiten getan habe, so tritt alsbald eine innere Umwandlung und damit ein Zustand ein, der, durch das Prisma unseres unnatürlichen Lebens hindurchschreitend, als Verliebtheit vom reinsten Wasser und selbst als Platonismus in Erscheinung tritt. Und so verliebte auch ich mich, wie sich alle verlieben.

Alles war da: das Entzücken, die Rührung, die Poesie. In Wirklichkeit jedoch war diese meine Liebe einerseits ein Produkt der Tätigkeit Mamas und der Schneiderinnen, andererseits ein Ergebnis der von mir verschlungenen überschüssigen Nahrung bei untätiger Lebensweise. Wären nicht die Bootsfahrten, die Taillen der Schneiderinnen usw. gewesen, hätte die junge Dame ein Hauskleid von schlechtem Schnitt getragen, hätte ich, wie jeder Mensch in normalen Lebensverhältnissen, so viel Nahrung zu mir genommen, als ich zur Verrichtung meines täglichen Arbeitspensums bedurfte, und wäre das Sicherheitsventil bei mir geöffnet gewesen, statt daß ich es um jene Zeit gerade aus irgendeinem Grunde geschlossen hatte, dann hätte ich mich nicht verliebt, und es wäre nichts geschehen.

VIII

So aber klappte alles ausgezeichnet: meine Stimmung, das schicke Kleid, die Kahnfahrt – alles war nach Wunsch ausgefallen. Zwanzigmal war der Versuch mißlungen, diesmal jedoch gelang er ganz glatt. Ich saß drin, wie in einem Fuchseisen. Ich scherze nicht. Die Ehen werden ja jetzt genau so angelegt wie die Fuchseisen. Nichts natürlicher auch: das Mädchen ist herangereift, also muß es einen Mann haben. Die Sache erscheint sehr einfach, wenn das Mädchen keine Mißgeburt ist und es an heiratslustigen Männern nicht fehlt. Früher, in der alten Zeit, erledigten die Eltern die ganze Angelegenheit: war das Mädchen herangewachsen, so suchten sie ihm einen Mann.

So war und so ist es bei der ganzen Menschheit Brauch: bei den Chinesen, den Indern, Mohammedanern, bei uns im Volke – beim gesamten Menschengeschlecht, mindestens bei neunundneunzig Hundertsteln, ist das der Fall. Nur das eine Hundertstel oder noch weniger von uns Wüstlingen hat gefunden, das sei nicht das Richtige, und hat sich etwas Neues ausgedacht. Und worin besteht nun dieses Neue? Es besteht darin, daß die Mädchen dasitzen und die Männer wie auf dem Markte auf und ab gehn und wählen. Die Mädchen aber warten und denken, ohne daß sie es auszusprechen wagen: ›Ach, mein Lieber, nimm mich!‹ – ›Nein, nein – mich!‹ – ›Nicht jene dort, sondern mich; sieh doch, was für Schultern ich habe und was sonst noch alles!‹ – Und wir Männer gehen auf und ab und mustern sie und sind höchst zufrieden. ›Wir wissen Bescheid,‹ sagen die Herren der Schöpfung, ›wir fallen nicht so leicht herein!‹ Und wie sie so prüfend auf und ab schreiten und sich freuen, daß alles für sie so nett hergerichtet ist – schwapp, sitzt schon einer, der sich nicht genug vorgesehen hat, in dem Eisen fest.«

»Wie soll es denn nun gehalten werden?« sagte ich. »Soll vielleicht die Frau den Antrag machen?« - »Das weiß ich wirklich nicht; aber wenn schon Gleichheit herrschen soll, dann soll auch vollständige Gleichheit herrschen. Wenn man die alte Methode der Ehestiftung erniedrigend findet, so ist *diese* Methode noch tausendmal schlimmer. Dort sind die Rechte und Aussichten gleich, hier ist die Frau die Sklavin auf dem Markte oder die Lockspeise im Eisen. ›In die Gesellschaft‹ soll das Töchterchen eingeführt werden. Man sage der Frau Mama oder dem Fräulein selbst einmal die Wahrheit, daß es ihnen nur darum zu tun sei, einen Mann einzufangen: o Gott, wie beleidigt werden sie sein! Und dabei haben sie wirklich nichts anderes im Sinn und befassen sich mit nichts anderem. Und ganz besonders empörend ist, daß zuweilen ganz junge, unschuldige arme Mädelchen sich mit diesen Dingen befassen, und zwar nicht offen und ehrlich, sondern auf höchst listige Weise. ›Ach, die Entstehung der Arten, wie interessant!‹ – ›Ach, Lili interessiert sich so sehr für Malerei!‹ – ›Werden Sie die Ausstellung besuchen? Wie lehrreich!‹ – ›Und die Troikafahrten? ... und die Theatervorstellungen? ... und die Sinfoniekonzerte?‹ – ›Ach, wie wundervoll! Meine Lili ist ganz hin, wenn sie Musik hört. Wie kommt es, daß Sie keinen Geschmack daran finden? Sind Sie ein Freund von Bootsfahrten?...‹ So geht es in einem fort – in Wirklichkeit aber haben sie nur den einen Gedanken: ›Oh, greif doch zu! Nimm mich!‹ – ›Nimm! meine Lili!‹ – ›Nein, mich! – So versuch es doch wenigstens!...‹ O welche Gemeinheit, welche Verlogenheit!« schloß er, trank seinen letzten Schluck Tee aus und machte sich daran, die Tassen und das sonstige Geschirr wegzuräumen.

IX

Sie kennen doch«, begann er wieder, während er Tee und Zucker in die Reisetasche legte, »das Weiberregiment, unter dem die Welt leidet? Alles das hat darin seinen Ursprung.«

»Weiberregiment? Was verstehen Sie darunter?« sagte ich. »Das rechtliche Übergewicht, samt allen Privilegien, ist doch auf Seiten der Männer!«

»Ja, ja, das eben ist es«, unterbrach er mich. »Das, was ich Ihnen sagen will, erklärt eben die auffallende Erscheinung, daß die Frau auf der einen Seite, wie mit Recht behauptet wird, bis zur tiefsten Stufe der Erniedrigung unterdrückt ist, auf der andern Seite dagegen herrscht. Genau so wie das Volk der Juden. Wie diese durch ihre Geldherrschaft sich für ihre Bedrückung revanchieren, so auch die Frauen. ›Ah, ihr wollt, wir sollen uns nur mit dem Handel befassen? Gut, so wollen wir nur Händler sein und euch auf diese Weise unterjochen!‹ sagen die Juden. – ›Ah, ihr wollt, wir sollen nur ein Gegenstand der Sinnenlust sein? Gut, so wollen wir, als Gegenstand der Sinnenlust, euch zu unsern Sklaven machen!‹ sagen die Frauen. Nicht darin besteht die Rechtlosigkeit der Frau, daß sie nicht wählen und kein Richteramt bekleiden darf. Dies schmälert ihre rechtliche Stellung nicht. Wohl aber darf sie das Recht beanspruchen, im Geschlechtsverkehr dem Manne gleichgestellt zu sein, nach eigenem Wunsche mit ihm zu verkehren oder ihn zu meiden und nach eigenem Wunsche sich den Mann zu wählen, nicht aber vom Manne gewählt zu werden. Vielleicht meinen Sie, dies sei unsittlich. – Wohlan: dann soll auch der Mann dieses Recht nicht besitzen. Heute ist die Frau dieses Rechtes beraubt, welches dem Manne zusteht. – Und um sich für die Entziehung dieses Rechtes schadlos zu halten, wirkt sie auf die Sinnlichkeit des Mannes ein und unterjocht ihn durch Sinnlichkeit in einer Weise, daß er nur formell der Wählende ist; in Wirklichkeit jedoch wählt *sie*. Hat sie sich einmal dieser Sinnlichkeitssphäre bemächtigt, so mißbraucht sie gar bald ihre Macht und gewinnt damit eine furchtbare Gewalt über Menschen.«

»Worin äußert sich denn diese außerordentliche Macht?« fragte ich.

»Worin die Macht sich äußert? Überall, in allem. Besuchen Sie nur in der ersten besten Großstadt die Verkaufsläden. Millionenwerte stecken in ihnen; unschätzbar ist die Summe menschlicher Arbeitskraft, die auf die Herstellung der feilgehaltenen Waren verwandt ist. Sehen Sie einmal zu, ob in neun Zehnteln dieser Läden überhaupt etwas zum Gebrauch der Männer zu haben ist. Aller Luxus des Lebens ist ein Bedürfnis der Frauen und wird von ihnen gefördert.

Gehen Sie die Fabriken durch, eine wie die andere. Ein ganz beträchtlicher Teil von ihnen verfertigt überflüssigen Schmuck, Equipagen, Möbel, Nippsachen für die Frauen. Millionen Menschen, Generationen von Sklaven gehen in der Tretmühlenarbeit der Fabriken zugrunde, nur um den Launen der Frauen zu frönen. Wie absolute Kaiserinnen halten die Frauen neun Zehntel des Menschengeschlechts in Sklavenfron und schwerer Arbeit fest. Und alles nur darum, weil man sie unterdrückt und der Gleichberechtigung mit den Männern beraubt hat. Sie rächen sich nun dadurch, daß sie auf unsere Sinnlichkeit einzuwirken und uns in ihren Netzen zu fangen suchen. Ja, darum allein geschieht das alles.

Die Frauen haben sich selbst in ein Werkzeug umgewandelt, mittels dessen sie auf die Sinnlichkeit des Mannes derart einwirken, daß er mit einer Frau nicht mehr ruhig und harmlos verkehren kann. Sowie der Mann sich der Frau nur nähert, verfällt er ihrem betäubenden Einflusse und verliert seinen klaren Verstand. Auch früher schon hatte ich ein peinliches, beängstigendes Gefühl, wenn ich eine aufgeputzte Dame im Ballkostüm sah, jetzt aber ist mir das geradezu entsetzlich, ich sehe förmlich eine Gefahr darin, die die Menschen bedroht, ja etwas Gesetzwidriges, und ich möchte den nächsten Polizisten anrufen, daß er mir Hilfe leiste gegen die Gefahr, möchte ihn auffordern, den gefährlichen Gegenstand fortzuschaffen und unschädlich zu machen.

Ja, Sie lachen darüber!« schrie er mich an – »die Sache ist jedoch keineswegs scherzhaft. Ich bin überzeugt, daß eine Zeit kommen wird – und vielleicht schon sehr bald – wo die Menschen das begreifen und sich wundern werden, wie eine Gesellschaft bestehen konnte, in der solche die öffentliche Ruhe störende Dinge erlaubt waren, wie es die heutzutage unsern Frauen gestatteten auf den Sinnenreiz abzielenden Ausschmückungen ihres Körpers zweifellos sind. Das ist ja genau dasselbe, als wenn man überall auf den Promenaden und an den Spazierwegen Fußangeln und sonstige Fallen aufstellen wollte – ja schlimmer als das! Warum ist das Hasardspiel verboten, das Auftreten von Frauen jedoch, die gleich den Prostituierten durch ihre Tracht auf die Erregung der Sinnlichkeit hinwirken, noch immer erlaubt? Sie sind tausendmal gefährlicher als alles Hasardspiel!

X

Nun denn, so wurde auch ich gefangen. Ich war das, was man so ›verliebt‹ nennt. Ich sah nicht nur den Gipfel der Vollkommenheit in ihr, ich hielt auch mich in dieser meiner Bräutigamszeit für einen höchst vollkommenen Menschen. Es gibt doch schließlich keinen Schurken, der, wenn er nur richtig suchte, nicht ein paar Schurken fände, die in der einen oder andern Hinsicht noch schlimmer wären als er, und der darum keine Ursache hätte, sich in die Brust zu werfen und mit sich zufrieden zu sein. So stand es auch um mich: ich heiratete nicht des Geldes wegen, Berechnung sprach also nicht mit, wie dies bei den meisten meiner Bekannten der Fall war, die entweder um des Geldes oder um guter Beziehungen willen geheiratet hatten. Ich war vermögend und sie arm – das war schon ein Punkt, der zu meinen Gunsten sprach.

ßEin zweiter Punkt, auf den ich mir etwas einbildete, war, daß die andern bei ihrer Verheiratung von vornherein die Absicht hatten, in demselben Zustande der Vielweiberei weiterzuleben, in dem sie vor der Heirat gelebt hatten, während ich mir fest vornahm, nach meiner Verheiratung in der Einehe zu leben. Ja, gerade darauf war ich ungemein stolz. Ich war ein durch und durch verdorbener Bursche – und bildete mir ein, ein Engel zu sein!

Die Zeit, während ich den Bräutigam spielte, dauerte nicht lange. Nicht ohne Scham vermag ich heute an diese Verlobungszeit zurückzudenken. Wie abscheulich war das alles! Es sollte doch zwischen uns die geistige, nicht die sinnliche Liebe herrschen. Sollte es eine geistige Liebe, ein geistiger Verkehr sein, so mußte dieser geistige Verkehr sich in Worten, in Gesprächen, in Unterhaltungen kundtun. Nichts von alledem jedoch gab es zwischen uns. Das Reden fiel uns zuweilen, wenn wir allein waren, furchtbar schwer. Was für eine Sisyphusarbeit war das manchmal! Kaum hatte man einen Gedanken gefunden und ausgesprochen, so hieß es schon wieder,

schweigen und einen neuen Gedanken suchen. Es gab einfach für uns keinen Gesprächsstoff. Alles, was über das uns bevorstehende Leben, über seine Einrichtung, über unsere Zukunftspläne gesagt werden konnte, war bereits gesagt – und was nun weiter? Wären wie Tiere gewesen, so hätten wir gewußt, daß zwischen uns gar kein Reden notwendig war, so aber sollten wir durchaus reden und wußten nicht wovon, weil uns eben solche Dinge, die durch Reden und Gespräche zu erledigen waren, nicht beschäftigten. Dazu kam noch diese widerwärtige Gewohnheit des Konfektmitbringens, der Überladung mit allerhand Süßigkeiten und alle die abscheulichen Vorbereitungen zur Hochzeit: nur von der Wohnung, dem Schlafzimmer, den Betten, von Haus- und Schlafröcken, Wäsche, Toilettenartikeln hörte man ringsum reden. Sie werden begreifen, daß, wenn die Heirat nach den Vorschriften des ›Domostroj‹ stattfände, wie jener Alte sich ausdrückte, die Daunenkissen, die Mitgift, die Betten nur ein äußerliches Zubehör des Sakraments wären. Bei uns jedoch, wo unter zehn Männern, die heiraten, kaum einer ist, der an das Sakrament glaubt, oder auch nur glaubt, daß das, was er tut, eine gewisse Verpflichtung darstelle, wo von hundert Männern kaum einer ist, der nicht schon vorher verheiratet gewesen wäre, und kaum einer von fünfzig, der nicht von vornherein bereit wäre, bei jeder Gelegenheit seiner Frau untreu zu werden, wo die meisten die Fahrt zur Kirche nur als eine besondere Bedingung betrachten, um in den Besitz einer bestimmten Frau zu gelangen: – bedenken Sie, was für eine Bedeutung bei uns unter solchen Umständen alle diese Einzelheiten gewinnen.
Es sieht aus, als laufe alles nur auf diesen einen Punkt, auf eine Art von Verkauf hinaus: einem Wüstling wird ein unschuldiges Mädchen verkauft, und der Verkauf vollzieht sich eben unter bestimmten Zeremonien und Formalitäten...!

XI

So heiraten alle, so habe auch ich geheiratet, und es begann der vielgepriesene Honigmond. Schon diese Bezeichnung – wie widerwärtig!« sagte er zornig, mit zischender Stimme. »Ich sah mir einmal in Paris verschiedene Schaustellungen an und ging auch in eine Bude, in der, wie draußen geschrieben stand, eine bärtige Frau und ein Seehund zu sehen waren. Es stellte sich heraus, daß es sich um nichts weiter handelte, als um einen Mann in einem ausgeschnittenen Frauenkleide und einen Hund, der in einem Walroßfell steckte und in einer mit Wasser gefüllten Wanne umherschwamm. Alles war höchst uninteressant; als ich jedoch hinausging, begleitete mich der Inhaber der Bude höflich und sagte, zum draußen wartenden Publikum gewandt, indem er auf mich wies: ›Fragen Sie diesen Herrn da, ob es sich lohnt, die Sache anzusehen! Immer herein, immer herein, nur einen Frank die Person!‹ Es war mir peinlich zu sagen, daß es sich nicht lohne hineinzugehen, und darauf hatte der Budenbesitzer wohl gerechnet. So geht es vermutlich auch denen, welche die ganze Widerwärtigkeit des Honigmonds kennengelernt haben und die andern nicht enttäuschen wollen. Auch ich habe niemanden enttäuscht, jetzt aber sehe ich nicht ein, weshalb ich nicht die Wahrheit sagen soll. Ja, ich bin sogar der Meinung, daß man unbedingt die Wahrheit darüber sagen müsse. Nun denn: dieser Honigmond ist etwas Peinliches, Beschämendes, Widerliches, Klägliches und vor allem Langweiliges, ganz trostlos Langweiliges. Es war ein Gefühl, ähnlich jenem, das ich damals empfand, als ich mir das Rauchen angewöhnen wollte: ein Brechreiz überkam mich, der Speichel lief mir im Munde zusammen und ich schluckte ihn hinunter mit einer Miene, als sei mir das alles sehr angenehm. Der Genuß vom Rauchen kommt, ebenso wie hier, wenn er sich überhaupt einstellt, erst später: der Gatte muß seiner Frau erst den Geschmack an diesem Laster beibringen, damit er selbst davon einen Genuß habe.«

»Wieso ein Laster?« sagte ich. »Sie sprechen doch von dem natürlichsten Triebe, der dem Menschen eigen ist.«

»Natürlich?« sagte er. »Natürlich! Nein, ich will Ihnen sogar sagen: ich bin zu der Überzeugung gelangt, daß dies durchaus nicht natürlich ist. Fragen Sie die Kinder, fragen Sie die unverdorbenen Mädchen! Mein Schwester heiratete sehr jung einen Mann, der doppelt so alt wie sie und ein arger Lüstling war. Ich erinnere mich noch, wie verblüfft wir alle in der Hochzeitsnacht waren, als sie bleich und in Tränen von ihm fortlief und am ganzen Leibe zitternd zu uns sagte, sie werde um keinen Preis zu ihm zurückkehren und sie könne es gar nicht aussprechen, was er von ihr verlangt habe. Sie sagen: ›natürlich‹.

Natürlich ist es, zu essen. Essen bereitet Genuß, ist angenehm und leicht und ruft auch nicht einen Augenblick das Gefühl der Scham hervor; hier aber handelt es sich um etwas, das zugleich widerlich, beschämend und schmerzlich ist. Nein, das ist einfach unnatürlich! Und ich bin überzeugt: ein unverdorbenes Mädchen wird dies stets hassen.«

»Wie soll sich dann aber das Menschengeschlecht fortpflanzen?« wandte ich ein.

»Ach ja, damit es bloß nicht ausstirbt, dieses Menschengeschlecht!« sagte er in boshaft ironischem Tone, als hätte er diesen ihm bekannten, unehrlichen Einwurf längst erwartet. »Wenn es sich darum handelt, daß die englischen Lords üppiger prassen können – dann, ja, dann ist's erlaubt, die Enthaltsamkeit vom Kindergebären zu predigen. Auch dann, wenn es den Eltern eine angenehmere Lebensgestaltung ermöglicht. Aber man sage nur ein Wort davon, daß man diese Enthaltsamkeit um der Sittlichkeit willen üben solle – o Gott, was für ein Geschrei wird dann gleich erhoben! Damit das Menschengeschlecht nur ja nicht aussterbe, wenn ein oder zwei Dutzend Menschen nicht länger ein unreines Leben führen wollten! Übrigens, verzeihen Sie: das Licht ist mir unangenehm,« sagte er und zeigte auf die Laterne, »darf ich die Vorhänge da oben zuziehen?«

Ich erklärte, daß ich nichts dagegen hätte, und so stieg er rasch – wie er überhaupt alles auffallend rasch tat – auf seinen Sitz und zog den wollenen Vorhang an der Laterne herunter.

»Wenn alle dies als Gesetz für sich anerkennen wollten,« sagte ich, »würde das Menschengeschlecht in der Tat bald ausgestorben sein.« Er antwortete erst nach einer Weile. »Sie fragen: wie das Menschengeschlecht weiterexistieren solle«, sagte er, als er wieder mir gegenüber Platz genommen hatte, setzte die Beine breit auseinander und stützte die Ellbogen auf die Knie. »Warum soll es denn überhaupt weiterexistieren, dieses Menschengeschlecht?«

»Wie denn – ›warum‹? Dann würden doch auch wir nicht existieren!«

»Und warum sollen wir existieren?«

»Was heißt ›warum‹? Um zu leben.«

»Und warum sollen wir leben? Wenn wir kein Ziel haben, wenn uns das Leben nur so um des Lebens willen gegeben ist, dann ist doch kein Grund da zum Leben. Wenn es so ist, dann haben Schopenhauer und Hartmann und die Buddhisten vollkommen recht. Wenn aber das

Leben ein Ziel hat, dann ist es doch klar, daß das Leben zu Ende gehen muß, sobald das Ziel erreicht ist. Und so ist es in der Tat,« sagte er in sichtlicher Erregung, offenbar nicht wenig stolz auf seinen Gedanken, »so ist es in der Tat! Begreifen Sie wohl: wenn das Ziel der Menschheit darin besteht, was in den Prophezeiungen gesagt ist, daß nämlich alle Menschen sich in eine friedliche Herde vereinigen, daß die Speere dereinst in Sicheln umgeschmiedet werden usw. – was steht dann der Erreichung dieses Zieles im Wege? Einzig die menschlichen Leidenschaften. Unter diesen Leidenschaften aber ist die geschlechtliche, sinnliche Liebe die stärkste, böseste und hartnäckigste; wenn also die Leidenschaften und darunter die stärkste von ihnen, die sinnliche Liebe, vernichtet werden, so wird die Prophezeiung erfüllt, die Menschen werden sich friedlich zu einer Herde vereinigen, das Ziel der Menschheit wird erreicht sein und sie wird keinen Grund mehr haben zu leben. Solange jedoch die Menschheit lebt, schwebt ihr ein Ideal vor, das natürlich nicht das Ideal der Kaninchen oder Schweine sein kann, sich so stark wie möglich zu vermehren, und auch nicht das Ideal der Affen oder der Pariser, den Geschlechtstrieb so raffiniert wie möglich auszuüben, sondern ein Ideal des Guten, das durch Enthaltsamkeit und Reinheit erreicht wird. Diesem Ideal haben die Menschen stets nachgestrebt und streben ihm immer noch nach. Und sehen Sie zu, was die Folge davon ist! Die Folge ist, daß die sinnliche Liebe – eben das Sicherheitsventil ist. Wenn die jetzt lebende Generation der Menschheit das Ziel nicht erreicht, so hat sie es nur darum nicht erreicht, weil sie von Leidenschaften beherrscht ist, darunter der stärksten, der geschlechtlichen. Ist aber die geschlechtliche Leidenschaft vorhanden, so ist auch eine neue Generation garantiert, mithin kann das Ziel erst in der folgenden Generation erreicht werden. Hat auch diese es nicht erreicht, so kommt die nun folgende an die Reihe und so fort, bis das Ziel erreicht, die Prophezeiung erfüllt und die Menschheit zu einer friedlichen Herde vereinigt ist. Was würde nun schließlich dabei herauskommen? Angenommen, Gott habe die Menschen geschaffen, damit sie ein bestimmtes Ziel erreichen – so hat er sie entweder sterblich, ohne die sinnliche Leidenschaft, oder unsterblich geschaffen. Wenn sie sterblich wären, doch ohne sinnliche Leidenschaft – was käme dabei heraus? Nur so viel, daß sie eine Zeitlang leben und dann, ohne das Ziel erreicht zu haben, sterben; und damit das Ziel erreicht würde, müßte Gott neue Menschen schaffen.

Wären sie unsterblich, so würden sie vielleicht das Ziel nach vielen Tausend Jahren erreichen – (obwohl immer neue Generationen die Fehler leichter gutmachen und der Vollkommenheit näher kommen würden als eine einzige fortdauernde Generation) aber wozu sind die Menschen dann noch da? Was soll mit ihnen geschehen? So, wie es jetzt ist, ist es wohl am besten ... Doch vielleicht finden Sie keinen Geschmack an dieser meiner Ausdrucksform, vielleicht sind Sie Evolutionist. Dann kommt die Sache aber auf dasselbe hinaus. Die höchste Form der Lebewesen ist der Mensch; will er sich im Kampfe mit den übrigen Lebewesen behaupten, so muß er sich mit seinesgleichen in eins zusammenschließen wie ein Bienenschwarm, und sich nicht ins Endlose vermehren; er muß, wie die Bienen, Geschlechtslose zeugen, das heißt wiederum nach Enthaltsamkeit streben und jedenfalls nicht nach Schürung der Sinnlichkeit, auf die unsere ganze Lebensordnung abzielt.« – Er schwieg eine Weile. – »Das Menschengeschlecht wird einmal aussterben,« fuhr er alsdann fort. »Kann jemand, wie er auch die Dinge dieser Welt ansehen möge, daran zweifeln? Das ist doch so unzweifelhaft wie der Tod. Nach allen kirchlichen Lehren tritt einmal das Ende der Welt ein, und alle wissenschaftlichen Theorien verkünden dasselbe. Was ist also daran so sonderbar, daß auch die Sittenlehre zu demselben Ergebnis gelangt?«

Er schwieg nach diesen Ausführungen sehr lange, rauchte seine Zigarette zu Ende, holte aus seiner Reisetasche eine neue Schachtel hervor und legte deren Inhalt in sein abgegriffenes altes Etui.

»Ich begreife Ihren Grundgedanken,« sagte ich, »etwas Ähnliches behaupten auch die Shaker.«

»Ja, ja, und sie haben recht«, erwiderte er. »Der Geschlechtstrieb ist ein Übel, ein schreckliches Übel, das man bekämpfen und nicht, wie es bei uns geschieht, fördern soll. Die Worte des Evangeliums, daß, wer eine Frau begehrlich ansieht, mit ihr schon die Ehe breche, beziehen sich nicht nur auf eine fremde, sondern ausdrücklich und vor allem auf die eigene Frau.

XII

In unserer Welt ist es gerade umgekehrt: dachte der Mann als Junggeselle noch an Enthaltsamkeit, so glaubt ein jeder, sobald er verheiratet ist, die Enthaltsamkeit sei nicht mehr nötig. Diese Hochzeitsreisen, diese idyllischen Einöden, in die sich die jungen Leute mit Erlaubnis der Eltern begeben – alles das ist nichts anderes als die Erlaubnis zur Ausschweifung. Aber die Verletzung des Sittengesetzes findet ihre Strafe in sich selbst. So sehr ich mich auch bemühte, mir einen Honigmond zu bereiten, es kam nichts dabei heraus. Es war eine widerwärtige Zeit, voll Beschämung und Langerweile. Ja sehr bald wurde die Stimmung geradezu peinlich und qualvoll. Es war am dritten oder vierten Tage, da traf ich sie bei sehr mißmutiger Laune an. Ich fragte, was ihr fehle und umarmte sie, was nach meiner Meinung alles war, was sie verlangen konnte. Sie entzog sich meiner Umarmung und begann zu weinen. Ich fragte nach der Ursache ihrer Tränen; sie vermochte es mir nicht recht zu sagen, blieb jedoch in ihrer vergrämten, niedergedrückten Stimmung. Ihre ermatteten Nerven verrieten ihr wahrscheinlich die Wahrheit über die Widerwärtigkeit unserer Beziehungen, doch war sie nicht imstande, das in Worten auszudrücken. Ich fragte sie weiter aus, und sie sagte irgend etwas von Sehnsucht nach ihrer Mutter. Ich glaubte ihr nicht und suchte sie zu trösten, ohne von der Mutter etwas zu erwähnen. Ich begriff nicht, daß sie einfach von Schwermut befallen und die Sehnsucht nach der Mutter nur ein Vorwand war. Sie aber war sehr gekränkt, daß ich mit keinem Wort auf die Mutter eingegangen war, als ob ich ihr nicht geglaubt hätte. Sie sehe nun, meinte sie, daß ich sie gar nicht liebe. Ich warf ihr vor, daß sie launisch sei, und nun veränderte sich plötzlich ihr Gesichtsausdruck ganz und gar, statt der Traurigkeit malte sich Zorn in ihren Zügen und sie warf mir in giftigsten Worten Selbstsucht und Grausamkeit vor. Ich sah sie an. Ihr Gesicht zeigte die Miene der ausgeprägtesten Feindseligkeit und Kälte, ja beinahe des Hasses. Ich weiß noch, wie sehr ich erschrak, als ich das sah. ›Wie? was?‹ dachte ich. ›Das soll Liebe sein, der Bund der Seelen? Und statt dessen bietet sie mir *das?* Nein, das kann nicht sein, das ist nicht *sie.*‹ Ich versuchte sie nochmals zu besänftigen, stieß dabei jedoch auf eine so undurchdringliche Mauer von kalter, giftiger

Feindseligkeit, daß auch ich im Handumdrehen in eine heftige Erregung geriet und wir einander recht bittere Dinge sagten. Die Wirkung dieses ersten Streites war entsetzlich. Ich nenne es einen Streit, doch es war kein Streit – es war nur eine Enthüllung des Abgrundes, der in Wirklichkeit zwischen uns bestand. Die Verliebtheit hatte sich in der Befriedigung der Sinnlichkeit erschöpft und wir standen einander nun in unserem wirklichen Verhältnis gegenüber als zwei einander völlig fremde Egoisten, von denen ein jeder sich bemühte, durch den andern so viel Genuß wie möglich zu empfangen. Ich nannte das, was zwischen uns vorgefallen war, einen Streit, es war jedoch kein Streit, sondern nur eine Folge der Unterbrechung unserer sinnlichen Beziehungen, die unsere wirklichen Beziehungen zueinander offenbarte.

Ich begriff nicht, daß dieses kalte, feindselige Verhalten im Grunde genommen unsere normale Beziehung war, begriff es darum nicht, weil diese Feindseligkeit in der ersten Zeit alsbald wieder vor unsern Augen durch eine sozusagen verdünnte Sinnlichkeit, das heißt Verliebtheit, verhüllt wurde. Und ich dachte, wir hätten uns einfach gezankt und wieder vertragen, und so etwas würde nicht wieder vorkommen! Doch schon in diesem ersten Honigmond trat sehr bald wieder eine Periode der Übersättigung ein, wiederum hörten wir auf, einander zu bedürfen, und von neuem gab es einen Streit. Dieser zweite Streit verblüffte mich noch mehr als der erste. Der erste Streit beruhte also nicht auf einem Zufall, sondern es muß eben so sein und wird so bleiben, dachte ich. Der zweite Streit verblüffte mich um so mehr, als er aus einer ganz nichtigen Ursache entstand. Es handelte sich um Geld, mit dem ich doch niemals knauserte, am wenigsten meiner Frau gegenüber. Nur eine Bagatelle war es, und ich erinnere mich, daß sie die Sache so wendete, als hätte irgendeine Äußerung von mir meine Absicht verraten, sie durch mein Geld zu beherrschen und irgendein ausschließliches Recht auszuüben – jedenfalls eine Auffassung, die höchst töricht und niedrig und weder meiner noch ihrer würdig war. Ich geriet in Zorn und so ging es von neuem los. Aus ihren Worten wie aus ihrer Miene und dem Ausdruck ihrer Augen trat mir wieder jene grausame, kalte Feindseligkeit entgegen, die mich das erstemal so erschreckt hatte. Mit meinem Bruder, meinen Freunden, meinem Vater hatte ich wohl, wie ich mich erinnere, zuweilen Streit gehabt, niemals jedoch hatte zwischen uns diese giftige Bosheit geherrscht, wie sie hier zutage trat. Nach einiger Zeit jedoch verbarg sich dieser gegenseitige Haß wieder hinter dem Schleier der Verliebtheit, das heißt der Sinnlichkeit, und ich suchte noch Trost in dem Gedanken, daß diese beiden Zusammenstöße auf Irrtümern beruhten, die sich wieder gutmachen ließen. Bald indes folgte ein dritter und ein vierter Streit und ich begriff, daß hier kein zufälliger Irrtum in Frage käme, sondern daß dies so sein müsse und immer so sein werde, und ich war entsetzt über das, was mir bevorstand. Dabei quälte mich noch der schreckliche Gedanke, daß ich allein mit meiner Frau so schlecht, so ganz anders, als ich es mir ausgemalt hatte, zusammenlebe, während in anderen Ehen so etwas ausgeschlossen sei. Ich wußte damals noch nicht, daß dies ein allgemeines Geschick aller Ehemänner ist, daß jedoch alle gleich mir glauben, es sei ein Unglück, das nur sie betroffen habe; daß sie alle dieses ausschließliche, beschämende Unglück nicht nur vor andern, sondern auch vor sich selbst verbergen und es sich nicht eingestehen.

Die Sache begann in den ersten Tagen, hielt während der ganzen Zeit an und wurde immer unerträglicher, immer schlimmer.

Im Innersten meiner Seele hatte ich gleich von den ersten Wochen an das Gefühl, daß ich eine verkehrte Wahl getroffen und meine Erwartung sich nicht erfüllt habe, daß die Ehe nicht nur kein Glück, sondern im Gegenteil eine schwere Last sei, doch, wie alle andern, wollte ich das nicht eingestehen – ich würde es auch jetzt nicht eingestehen, wenn nicht alles zu Ende wäre – und verheimlichte den Sachverhalt nicht nur vor den andern, sondern auch vor mir selbst. Jetzt wundre ich mich, daß ich meine wirkliche Lage so lange verkannte. Ich hätte sie schon daraus richtig ersehen sollen, daß unsere Zänkereien aus solch nichtigen Anlässen entstanden, daß es, sobald sie vorüber waren, einfach unmöglich war, ihren Ursprung anzugeben.

Die Vernunft vermochte nicht Gründe genug – wenn auch nur Scheingründe – anzuführen, um die zwischen uns bestehende Dauerfeindschaft genügend zu rechtfertigen. Doch noch auffallender war, daß die Vorwände zur Versöhnung so geringfügig waren. Zuweilen genügten ein paar Worte, Erklärungen, Tränen, zuweilen jedoch – ach, wenn ich daran denke, wird mir noch jetzt übel – folgten auf die gröbsten Worte plötzlich stumme Blicke, lächelnde Mienen, Küsse, Umarmungen ... Pfui, wie abscheulich! Wie konnte ich nur damals die ganze Widerwärtigkeit dieses Gebarens nicht erkennen!...«

XIII

Zwei Reisende stiegen in den Zug ein und setzten sich auf eine der entfernteren Bänke. Mein Partner schwieg, während die beiden Platz nahmen. Sowie sie jedoch still geworden waren, fuhr er fort, offenbar, um seinen Gedankenfaden nicht zu verlieren:

»Was ganz besonders an der Sache anwidern muß,« begann er, »das ist, daß die Liebe in der Theorie als etwas höchst Ideales, Erhabenes gilt, während sie doch in Wirklichkeit etwas durchaus Häßliches, Schmutziges ist, dessen bloße Erwähnung schon etwas Schamverletzendes, Ekelerregendes hat. Nicht umsonst hat die Natur es so eingerichtet, daß die Sache so widerwärtig und häßlich ist. Ist sie widerwärtig und häßlich, so muß sie auch als widerwärtig und häßlich bezeichnet werden – während die Menschen im Gegenteil so tun, als sei das Widerwärtige und Häßliche in Wirklichkeit herrlich und erhaben.

Welches waren die ersten Beweise meiner Liebe? Daß ich mich der Betätigung des animalischen Triebes im Übermaß hingab und mich dessen nicht nur nicht schämte, sondern aus irgendeinem Grunde auf meine physischen Leistungen sogar stolz war. Ohne dabei auch nur im geringsten an ihr geistiges oder selbst ihr physisches Leben zu denken, wunderte ich mich nur, woher die Feindseligkeit stammte, die uns gegeneinander erfüllte; und dabei war der Sachverhalt doch vollkommen klar. Diese Feindseligkeit war nichts anderes als der Protest der menschlichen Natur gegen das Tier, das sie zu verschlingen drohte. Ich wunderte mich über den Haß, den wir gegeneinander hegten. Es konnte doch aber gar nicht anders sein, als daß wir einander haßten. Es war der gegenseitige Haß zweier Mitschuldiger an einem Verbrechen, zu dem sie sich gegenseitig angespornt und aufgemuntert hatten. Oder wie sollte man es nicht als ein Verbrechen bezeichnen, da doch sie, die Ärmste, gleich im ersten Monat schwanger wurde und wir gleichwohl unsere gemeine Beziehung zueinander fortsetzten? Sie meinen vielleicht, ich weiche vom Faden meiner Erzählung ab? Nicht im geringsten! Alles das, was ich da erzähle, gehört schon zur Darstellung des Hergangs, *wie* ich meine Frau getötet habe. Vor Gericht fragten sie mich, womit und wie ich meine Frau getötet hätte. Die Dummköpfe – sie glaubten, ich hätte sie damals, am 5.Oktober, mit dem Messer getötet! Nein, nicht damals habe ich sie getötet, sondern schon viel früher. So wie heute alle, alle Männer ihre Frauen töten, alle, alle...«

»Womit denn?« fragte ich.

»Das ist eben das Sonderbare, daß niemand das wissen will, was so klar und offenkundig ist, was vor allem die Ärzte wissen und lehren sollten, wovon sie jedoch schweigen!

Die Sache ist doch furchtbar einfach. Mann und Weib sind geschaffen wie das Tier, so daß nach dem Akt der sinnlichen Liebe die Schwangerschaft und dann das Nähren folgt, Zustände, in denen für die Frau wie für ihr Kind die sinnliche Liebe schädlich ist. Die Zahl der Männer und Frauen ist etwa gleich groß. Was folgt daraus? Ich meine, das ist klar. Und es bedarf keiner großen Weisheit, um daraus den Schluß zu ziehen, den auch die Tiere daraus ziehen, nämlich, daß Enthaltsamkeit geboten sei. Doch nein! Die Wissenschaft hat es so weit gebracht, daß sie irgendwelche Leukocyten entdeckt hat, die sich im Blute tummeln, wie auch sonstige spaßige Albernheiten, aber den Sinn der Enthaltsamkeit vermochte sie nicht zu begreifen. Wenigstens hört man nichts davon, daß sie etwas darüber verlauten ließe.

So gibt es denn für die Frauen nur zwei Auswege: der eine läuft darauf hinaus, daß sie sich selbst zum Krüppel machen, daß sie entweder auf einmal oder allmählich, bei Gelegenheit, die Fähigkeit, Frau, das heißt Mutter zu sein, in sich zerstören, damit sie für den Mann beständig und in aller Ruhe ein Gegenstand des Genusses sein können.

Der andere Ausweg, der im Grunde genommen gar kein Ausweg, sondern einfach eine grobe Übertretung des Naturgesetzes ist und in allen sogenannten anständigen Familien gewählt wird, besteht darin, daß die Frau, entgegen ihrer Natur, gleichzeitig schwanger sein, ihr Kind nähren und die Geliebte ihres Gatten sein muß, wozu ein Tier sich niemals herabdrücken lassen würde und wozu sie im Grunde genommen auch gar nicht die Kraft besitzt. Daher stammen in unseren Kreisen all die hysterischen und nervösen Frauen und in den Kreisen des Volkes die ›Fallsüchtigen‹. Bei Mädchen, die unberührt sind, werden sie die Fallsucht nicht finden, sondern nur bei verheirateten Frauen, die mit Männern in geschlechtlichem Verkehr stehen. So ist es bei uns und so ist es auch in Europa. Alle Krankenhäuser sind voll von hysterischen Frauen, die das Gesetz der Natur verletzt haben. Aber die Fallsüchtigen und die Patientinnen Charcots sind nur die vollständig

Verkrüppelten, von weiblichen Halbkrüppeln jedoch wimmelt die ganze Welt. Man sollte nur bedenken, welch großes, heiliges Werk sich im Weibe vollzieht, wenn es mit einem Kinde schwanger geht oder wenn es das Kind nährt, das es geboren hat. Es ist ein Wachstum dessen, was unser Menschengeschlecht fortsetzen und uns dereinst ablösen soll. Und dieses heilige Werk wird angetastet – wodurch? Schrecklich, es auszudenken! Und da schwatzen sie nun von der Freiheit und den Rechten der Frau! Das ist genau dasselbe, als wenn die Menschenfresser die Gefangenen, die sie gemacht haben, mästeten und dabei behaupteten, daß sie die Rechte und die Freiheit ihrer Opfer hüten.«

Alles das war mir neu und verblüffte mich.

»Wie denn also?« sagte ich. »Unter diesen Umständen darf man seine Frau nur einmal in zwei Jahren lieben, und der Mann...«

»Für den Mann, wollen Sie sagen, ist der häufigere Sinnengenuß ein Bedürfnis«, fiel er mir ins Wort. »Das haben wiederum die Priester der Wissenschaft uns eingeredet. Ich möchte diesen Medizinmännern einmal aufgeben, die Pflichten der Frauen zu erfüllen, die nach ihrer Meinung diesen obliegen, damit die Männer ihrem häufigeren Genußbedürfnis frönen können – was sie dann wohl sagen würden? Reden Sie einem Menschen ein, daß der Branntwein, der Tabak, das Opium ihm unentbehrlich seien, und es wird nicht lange dauern, bis sie ihm wirklich unentbehrlich werden. Zuletzt stellt es sich heraus, daß Gott nicht recht begriffen hat, was dem Menschen nottut, und weil er die Medizinmänner nicht um Rat fragte, hat er eben die Sache verpfuscht. Sie sehen doch, die Geschichte klappt nicht. Der Mann muß, so haben die Neunmalweisen beschlossen, unbedingt seinen Trieb befriedigen und da kommt nun das Kindergebären und Kinderstillen dazwischen, das die Befriedigung dieses Triebes hemmt. Was soll man da machen? Es bleibt nichts weiter übrig, als den Rat der Medizinmänner einzuholen – die werden schon Ordnung schaffen! Sie haben ja auch den ganzen Schwindel ausgeklügelt. Ach, wann werden diese Zauberkünstler mit ihren Betrügereien endlich entlarvt werden! Es ist höchste Zeit! Es ist schon so weit gekommen, daß die Menschen verrückt werden und sich totschießen – alles nur aus diesem einen Grunde! Wie könnte es auch anders sein? Die Tiere wissen es, daß die Nachkommenschaft ihre Art fortsetzt, und halten sich in dieser Beziehung an ein bestimmtes Gesetz. Nur der Mensch stellt sich, als ob er es nicht wisse, und will es nicht wissen. Alle seine Sorge geht nur darauf, daß er recht viel Genuß habe. Ja, das ist *er*, der Herr der Schöpfung, der Mensch! Achten Sie wohl darauf: die Tiere vereinigen sich nur dann, wenn sie in der Lage sind, Nachkommenschaft hervorzubringen, und dieser schändliche ›Herr der Schöpfung‹ kann nicht genug bekommen von dem sinnlichen Genusse. Und obendrein preist er seine ekelhafte Affentätigkeit noch als die Perle der Schöpfung, die ›Liebe‹ ... Und im Namen dieser ›Liebe‹, dieser Schweinerei, wie er richtiger sagen sollte, stürzt er das halbe Menschengeschlecht in Elend und Verderben. Statt die Frauen beim Streben der Menschheit nach Wahrheit und Glück zu seinen Gehilfinnen zu berufen, macht er sie im Namen seiner Sinnenlust zu seinen Feindinnen.

Schauen Sie nun hin, wer dem Fortschritt der Menschheit überall im Wege steht – wer ist es? Die Frauen. Und worin hat das seinen Grund? Einzig in den angeführten Tatsachen. Ja, ja«, wiederholte er mehrmals, bewegte sich unruhig hin und her, zog seine Zigaretten hervor und begann zu rauchen, augenscheinlich um sich wenigstens zu beruhigen.

XIV

Solch ein unflätiges Leben also habe ich geführt«, fuhr er wieder im alten Tone fort.

»Das Schlimmste aber war, daß ich bei dieser widerwärtigen Lebensführung mir einbildete, daß ich darum, weil ich mich nicht von anderen Frauen verlocken ließ, ein ehrbares Familienleben führe, daß ich ein moralischer Mensch sei, und wenn zwischen uns Streitigkeiten vorkämen, dies an ihr allein und ihrem Charakter liege.

Natürlich traf auch sie keine Schuld. Sie war so wie alle andern, wie die Mehrzahl ihresgleichen.

Erzogen war sie so, wie es die Lage der Frau in unserer Gesellschaft verlangt, und wie daher auch ausnahmslos alle Frauen der besitzenden Klassen notwendigerweise erzogen werden. Man redet jetzt viel von einer neuen Art Frauenbildung. Alles das ist leeres Geschwätz: die

Bildung der Frau entspricht vollkommen der herrschenden wahren, wirklichen, allgemeinen Anschauung von der Frau.

Die Bildung der Frau wird natürlich stets von der Ansicht abhängen, die der Mann über die Frauen hat. Wir wissen ja alle, wie die Männer von der Frau denken: ›Wein, Weib, Gesang‹, singen die Dichter. Nehmen Sie die ganze Poesie, die ganze Malerei und Skulptur, angefangen von den Liebesgedichten und den nackten Venus- und Phrynefiguren, so sehen Sie, daß die Frau ein Gegenstand des sinnlichen Genusses ist; sie gilt als solcher auf dem einfachsten Tanzplatze wie auf dem vornehmsten Balle. Und geben Sie einmal acht, wie pfiffig der Teufel das alles anstellt: nun ja, sie dient dem Genuß, der Befriedigung der Sinnlichkeit, ist sozusagen ein Leckerbissen. Schon die Sänger der Ritterzeit haben versichert, daß sie das Weib vergöttern – dasselbe Weib, das ihnen gleichzeitig ein Mittel des Genusses ist – und heutzutage versichern die Herren der Schöpfung, daß den Frauen Verehrung gebühre, daß man aufstehen und ihnen seinen Platz anbieten, ihnen das zur Erde gefallene Taschentuch reichen, ihnen das Recht zur Bekleidung aller Ämter wie zur Teilnahme an der Regierung einräumen müsse usw. Alles das tut man wohl, aber die Ansicht von der Frau bleibt doch dieselbe: sie ist ein Gegenstand des Genusses. Ihr Körper ist ein Mittel zur Befriedigung der Sinnlichkeit und sie weiß das auch. Es ist damit ähnlich wie mit der Sklaverei. Die Sklaverei ist nichts anderes als die Ausbeutung der unfreiwilligen Arbeit der vielen durch einige wenige. Soll die Sklaverei wirklich abgeschafft werden, so müssen die Menschen das Bestreben der einen, die unfreiwillige Arbeit des andern für sich selbst auszubeuten, völlig ausrotten und als Sünde und Schmach erklären. Tatsächlich begnügen sie sich jedoch damit, die äußere Form der Sklaverei zu verändern, verbieten die Ausstellung von Kaufbriefen auf Sklaven und bilden sich ein, es gebe keine Sklaverei mehr, während in Wirklichkeit die Sklaverei fortbesteht, weil die Ausbeutung fremder Arbeit den Menschen als eine gar zu angenehme und schließlich auch leicht zu rechtfertigende Sache erscheint. Sobald jedoch etwas Angenehmes darin zu finden ist, werden sich stets Individuen finden, die stärker oder listiger sind als die andern und kein Bedenken tragen werden, sich diese andern zu unterjochen. Dasselbe ist mit der Frauenemanzipation der Fall. Die Sklaverei der Frau besteht darin, daß die Männer etwas Angenehmes darin finden, sie als einen Gegenstand des Genusses auszubeuten.

Nun, so emanzipieren sie denn die Frau, geben ihr alle Rechte, die der Mann besitzt, fahren dabei jedoch fort, sie vom Standpunkte des sinnlichen Genusses zu betrachten und erziehen sie in diesem Sinne schon als Kind sowie auch später für die Gesellschaft. So bleibt sie stets dieselbe erniedrigte, verdorbene Sklavin und der Mann derselbe korrupte Sklavenhalter.

Man läßt die Frauen zum Hochschulstudium, zu den Ämtern zu und betrachtet sie dennoch als einen Gegenstand des Genusses. Lehret die Frau ihr eigenes Ich so zu betrachten, wie wir es gewöhnt sind, so wird sie stets ein niederes Wesen bleiben. Sie wird entweder mit Hilfe der Halunken von Ärzten die Empfängnis hintertreiben, das heißt eine vollkommene Prostituierte sein, die auf die Stufe der leblosen Sache, nicht einmal auf die Stufe des Tieres, das nichts derartiges kennt, herabgesunken ist oder sie wird, was bei den meisten der Fall ist, ein seelisch krankes, hysterisches, unglückliches Geschöpf sein, unfähig zu irgendwelcher geistigen Entwicklung. Die Gymnasien und Hochschulen vermögen daran nicht das geringste zu ändern. Ein Wechsel kann nur eintreten, wenn der Mann seine Ansicht über die Frau und diese ihre Ansicht über sich selbst ändert. Und zwar muß diese Änderung in dem Sinne erfolgen, daß der Frau der Zustand der Jungfräulichkeit als der höchste und idealste, nicht wie es jetzt der Fall ist, als beschämend und bedauernswert *gilt*. Solange diese Einschätzung nicht zur Tatsache geworden, wird das Ideal eines jeden Mädchens, welche Bildung es auch genossen haben mag, darin bestehen, recht viele Männer – oder vielmehr Männchen – anzulocken, um eine Auswahl von Freiern zu haben.

Der Umstand, daß die eine mehr Mathematik kann, die andere sich auf das Harfenspiel versteht, hat nichts zu sagen. Die Frau ist glücklich und kann die Erfüllung jedes Wunsches erreichen, wenn sie es versteht, den Mann zu bezaubern. Darum ist es eben ihre Hauptaufgabe, ihn zu bezaubern. So war es von jeher und so wird es weiter sein. Die jungen Mädchen wie die verheirateten Frauen werden stets nach diesem Ziele streben. Jenen ist es dabei um die Auswahl zu tun, diesen – um die Herrschaft über den Ehemann.

Was diesen Zustand, wenigstens für einige Zeit, unterbricht, ist die Niederkunft der Frau, vorausgesetzt, daß sie selbst nährt und kein

Krüppel ist. Doch da spielen wieder die Ärzte ihre verhängnisvolle Rolle.

Meine Frau, die selbst hatte nähren wollen und auch ihre späteren fünf Kinder selbst genährt hat, wurde beim ersten Kinde krank. Die Ärzte, die sie zynisch entblößten und am ganzen Leibe betasteten, wofür ich mich noch bei ihnen bedanken und mein gutes Geld entrichten mußte, diese lieben Ärzte fanden, daß sie nicht nähren dürfe, und so war sie für die erste Zeit dieses einzigen Mittels beraubt, das sie vor der Koketterie hätte bewahren können. Wir nahmen eine Amme, das heißt wir mißbrauchten die Armut, die Not und Unwissenheit einer Frau aus dem Volke, lockten sie von ihrem Kinde hinweg zu dem unsrigen und setzten ihr dafür einen Kopfputz mit bunten Bändern auf. Doch nicht hierauf kommt es an, sondern vielmehr darauf, daß in dieser Zeit, da meine Frau weder schwanger war noch nährte, das bis dahin in ihr schlummernde Gefühl weiblicher Gefallsucht mit ganz besonderer Stärke erwachte. Und in mir erwachten gleichzeitig mit ganz besonderer Stärke die Qualen der Eifersucht, die mich während meines ganzen Ehelebens gepeinigt haben, wie sie notwendig alle Ehemänner peinigen müssen, die mit ihren Frauen so, wie ich mit der meinigen, das heißt unsittlich gelebt haben.

XV

Ich habe während meines ganzen Ehelebens unausgesetzt die Qualen der Eifersucht empfunden. Es gab jedoch Perioden, in denen diese Qualen sich ganz besonders steigerten. Eine dieser Perioden war die Zeit nach der ersten Entbindung, als die Ärzte meiner Frau das Nähren verboten hatten. Meine gesteigerte Eifersucht beruhte in jener Zeit zunächst wohl darauf, daß ich an meiner Frau jene Unruhe beobachtete, die einer Mutter eigen zu sein pflegt, wenn bei ihr eine Störung des regelmäßigen Lebensganges eingetreten ist; ferner beruhte sie darauf, daß es mir auffiel, wie leicht es ihr wurde, die sittliche Pflicht der Mutter von sich abzuschütteln, woraus ich, zwar unbewußt, aber immerhin mit einigem Recht den Schluß zog, daß es ihr ebenso leicht sein würde, die eheliche Pflicht zu brechen, zumal sie vollkommen gesund war und trotz des Verbotes der Ärzte die folgenden Kinder mit ausgezeichnetem Erfolge nährte.«

»Sie scheinen die Ärzte nicht zu lieben«, sagte ich, durch den ganz besonders erbitterten Ausdruck seiner Stimme betroffen, mit dem er jedesmal von den Ärzten sprach.

»Hier handelt es sich nicht um Liebe oder Nichtliebe. Sie haben mein Leben zugrunde gerichtet, wie sie das Leben von Tausenden, ja von Hunderttausenden zugrunde gerichtet haben, und ich kann doch den Zusammenhang von Ursache und Wirkung nicht übersehen. Ich begreife wohl, daß sie ebenso wie die Advokaten und andere Leute Geld verdienen wollen, und ich würde ihnen gern die Hälfte meines Einkommens abtreten, auch jeder andere würde, wenn er ihr Treiben richtig durchschaute, ihnen gern die Hälfte seines Vermögens überlassen, wenn sie sich nur nicht in sein Familienleben einmischten und ihm so fern wie möglich vom Halse blieben. Ich habe nicht gerade statistisches Material gesammelt, kenne jedoch Dutzende der ungezählten Fälle, in denen sie entweder unter dem Vorwande, die Mutter sei zu schwach, um zu gebären, das Kind im Mutterleibe töteten, während die Mutter bei späteren Entbindungen mit größter Leichtigkeit gebar, oder die Mütter selbst bei Vornahme irgendeiner Operation ums Leben brachten. Niemand zählt eben diese Morde, wie man vorzeiten die Morde der Inquisition nicht zählte, weil man des Glaubens war, sie würden zum Heile der Menschheit begangen. Unzählbar sind die Verbrechen, die sie verübt haben. Alle diese Verbrechen sind jedoch nichts im Vergleich mit der sittlichen Fäulnis des Materialismus, die sie, insbesondere durch die Frauen, in die Welt tragen. Ich will schon gar nicht davon reden, daß, wenn die Menschen ausschließlich ihren Ratschlägen folgten, wegen der überall lauernden Ansteckungsgefahr, die sie predigen, nicht ein Zueinanderstreben, sondern ein Auseinanderstreben der Gesamtheit stattfinden müßte. Jeder muß nach ihrer Meinung isoliert dasitzen und am Munde den nach Karbolsäure duftenden Desinfektionsapparat halten, – der übrigens, wie man nachträglich festgestellt hat, auch nicht viel Nutzen stiftet. Doch dies allein hätte noch nichts zu besagen; das wahre Gift steckt in der Demoralisierung der Menschen, insbesondere der Frauen. Heutzutage darf man niemandem mehr sagen: ›Hör mal, du führst ein schlechtes Leben, bessere dich‹ – weder sich selbst, noch einem andern darf man das sagen. Führt man ein schlechtes Leben, so beruht dies angeblich auf einer anomalen Funktion der Nerven oder einer ähnlichen Ursache. Man geht dann zu ›ihnen‹, sie verschreiben ein Mittel für 35 Kopeken, das man sich in der Apotheke besorgt und einnimmt. Wird's schlimmer danach, so versucht man es mit einem andern Mittel und einem andern Arzt. Eine ausgezeichnete Sache!

Aber auch das hat nichts weiter auf sich. Ich wollte nur erwähnen, daß sie ihre späteren Kinder vortrefflich genährt hat und daß ihre Schwangerschaft sowie der Umstand, daß sie selbst die Kinder nährte, mich für die betreffende Zeit wenigstens vor den Qualen der Eifersucht bewahrt hat. Andernfalls wäre alles schon früher so gekommen, wie es kam. Nur die Kinder haben mich und sie so lange vor dem Schlimmsten bewahrt. Innerhalb acht Jahren brachte sie fünf Kinder zur Welt, und alle bis auf das erste hat sie selbst genährt.«- »Wo sind Ihre Kinder jetzt?« fragte ich.

»Die Kinder?« versetzte er seinerseits erschrocken.

»Verzeihen Sie die Frage, vielleicht ist Ihnen die Erinnerung peinlich?«

»Nein, durchaus nicht. Meine Schwägerin und ihr Bruder haben meine Kinder zu sich genommen. Sie wollten sie mir nicht lassen. Ich übergab ihnen mein Vermögen, sie aber wollten mir die Kinder nicht lassen. Ich gelte doch in gewissem Sinne als geistesgestört. Ich komme soeben von ihnen. Ich habe sie gesehen, doch will man sie mir nicht geben – ich könnte sie ja möglicherweise so erziehen, daß sie nicht so werden wie ihre Eltern. Und sie sollen doch durchaus ebenso werden. Nun, was ist da weiter zu machen! Ich kann's wohl begreifen, daß man sie mir nicht überläßt und zur Erziehung anvertraut. Ich weiß auch selbst nicht, ob ich imstande wäre, sie zu erziehen. Ich zweifle sehr daran, ich bin ja doch eine Ruine, ein Krüppel. Eines habe ich wohl vor den andern voraus: meine Erkenntnis. Es ist mein Glaube, daß ich etwas weiß, was alle andern nicht so bald wissen werden.

Ja, meine Kinder leben und wachsen ebenso wild auf, wie alle ihre Kameraden. Ich habe sie gesehen, dreimal bereits. Ich kann nichts für sie tun, gar nichts. Ich fahre jetzt heim nach dem Süden, wo ich ein Häuschen und ein Gärtchen besitze.

Ja, nicht so bald werden die Menschen das erkennen, was ich weiß. Wieviel Eisen und sonstige Metalle in der Sonne und den Sternen enthalten sind, ist wohl leicht festzustellen; das Quantum von Schmutz jedoch, das unser Leben durchsetzt, das festzustellen – ist schwer, furchtbar schwer!

Nun, Sie haben wenigstens zugehört, schon dafür bin ich Ihnen dankbar....

XVI

Sie erwähnten soeben die Kinder. Auch die geben zu Lug und Heuchelei Anlaß. Kinder sind ein Segen Gottes, Kinder sind die Freude der Eltern! Alles das ist reine Lüge. Alles das war wohl früher einmal der Fall, hat aber längst aufgehört. Kinder sind eine Plage und weiter nichts. Die Mehrzahl der Mütter haben diese Empfindung und sprechen sie zuweilen unwillkürlich auch aus. Fragen Sie die Mehrzahl der Mütter unserer wohlhabenden Kreise – sie werden Ihnen sagen, daß sie vor lauter Angst, ihre Kinder könnten krank werden und sterben, keine Kinder haben wollen oder, wenn sie schon welche geboren haben, sie nicht nähren wollen, damit die Anhänglichkeit an sie ihr Herz nicht allzu fest kettet und sie darunter leiden.

Die Freude, die ihnen das Kind durch seinen Liebreiz bereitet, durch die Anmut der Ärmchen und Beinchen und des ganzen kleinen Körpers, die Lust, die das Kind gewährt, ist geringer als das Leid, das sie zu bestehen haben, nicht nur, wenn das Kind wirklich krank wird oder stirbt, sondern schon, wenn die Angst sie peinigt, daß es krank werden könnte. Wenn sie Freud und Leid gegeneinander abwägen, ergibt sich, daß das Leid überwiegt, und darum ziehen sie es vor, keine Kinder zu haben. Sie sagen das ganz offen und ehrlich heraus und bilden sich ein, diese Gefühle hätten ihren Ursprung in ihrer Liebe zu den Kindern, seien also löbliche und edle Gefühle, auf die sie stolz sein dürften. Sie bemerken nicht, daß in einer solchen Auffassung geradezu eine Verleugnung der Liebe zu den Kindern und ein Beweis ihrer Selbstsucht liegt. Der Liebreiz des Kindes scheint ihnen nicht Freude genug zu bereiten, um das Leid aufzuwiegen, welches die Sorge um das Kind verursacht, und daher wollen sie dieses Kind, das sie so maßlos lieben würden, gar nicht erst haben. Sie opfern nicht sich selber für das geliebte Wesen, sondern das künftige geliebte Wesen opfern sie dem Ich. Es ist klar, daß dies nicht Liebe, sondern Egoismus ist. Doch vermag niemand gegen diese Mütter der wohlhabenden Familien um ihrer egoistischen Regungen willen die Hand zu erheben, wenn man bedenkt, wie sie alles, dank jenen Ärzten, die in unseren Gesellschaftskreisen ihr Wesen treiben, mit den Krankheiten ihrer Kinder durchzumachen haben. Wenn ich so an das Leben und den Zustand meiner Frau in der ersten Zeit zurückdenke, als wir erst drei, vier Kinder hatten und sie ganz in der Sorge für sie aufging, dann ergreift mich ein wahrer Schrecken. Ein Leben war das nicht mehr zu nennen. Es war wie eine ewige Gefahr, wie die Flucht vor dieser Gefahr, die doch gleich wieder drohend vor uns hintrat und verzweifelte Anstrengungen und Rettungsversuche von uns erforderte – kurz eine Lage, wie auf einem Schiffe, das sicherem Untergange geweiht ist. Zuweilen kam es mir vor, als tue sie das alles absichtlich, als stelle sie sich so ängstlich um der Kinder willen, um mich auf diese Weise zu bezwingen. Es war dies eine Mutmaßung, die alles auf sehr einfache Weise, und zwar zu ihren Gunsten zu entscheiden schien. Andererseits jedoch quälte sie sich wirklich unablässig mit den Kindern, mit ihrer Gesundheit und ihren Krankheiten. Es war eine Folter für sie und auch für mich. Sie mußte eben diese Folterqualen erdulden, das war nun einmal unvermeidlich. Die Zuneigung zu den Kindern, der animalische Trieb, sie zu nähren, zu hätscheln, zu schützen, war bei ihr wie bei den meisten Frauen vorhanden. Eines jedoch besaß sie nicht, was die Tiere besitzen: sie war nicht, wie diese, frei von Phantasievorstellungen und Verstandesskrupeln.

Die Henne fürchtet sich nicht vor all den Schrecknissen, die ihren Küchlein begegnen könnten, sie kennt all die Krankheiten nicht, denen sie verfallen könnten; sie kennt nicht alle die Mittel, mit denen die Menschen glauben, sich vor Krankheit und Tod zu bewahren. Die Küchlein sind für die Henne keine Plage. Sie tut für sie das, was zu tun ihr Freude macht und in ihrem Wesen liegt, die Kinder sind also für sie ein Quell der Freude. Sobald ein Hühnchen krank wird, weiß sie sehr wohl, wie sie für das Kranke zu sorgen hat: sie wärmt und füttert es, und wenn sie das tut, weiß sie, daß sie alles Nötige getan hat. Geht das Küchlein ein, so fragt sie sich nicht lange, warum es eingegangen und wohin es gegangen sei, sondern stößt ein kurzes Gackern aus und lebt in der alten Weise fort. Für unsere unglücklichen Frauen jedoch – auch bei meiner war es so – liegen die Dinge anders. Ich will nicht mehr von den Krankheiten reden und der Sorge, wie man sie heilen solle, noch von den verschiedenen Erziehungs- und Auffütterungsmethoden: von allen Seiten hatte sie darüber alles Erdenkliche gehört und alle möglichen einander widersprechenden Ratschläge gelesen. Nähren soll man die Kinder so und so; oder nein – nicht so und so, sondern so; über Kleidung, Trinken, Baden, Schlafenlegen, Spazierengehen, Lüften gab man uns, namentlich ihr, jede Woche neue Ratschläge; als wäre die Kunst des Kindergebärens erst seit gestern erfunden. Da hieß es, das Kind habe zur Unzeit seine Nahrung bekommen, es sei zur Unzeit gebadet worden und davon erkrankt, so daß die Schuld auf uns falle, weil wir nicht getan hätten, was wir hätten tun sollen.

So ging es, wenn die Kleinen gesund waren. Doch auch das war eine Quälerei. Wurde jedoch eines ernstlich krank, dann war alles aus. Dann wurde das Haus zur wahren Hölle. Es hieß doch, die Krankheit könne geheilt werden, und es gebe solch eine Wissenschaft und solche Menschen, Ärzte geheißen, die da Bescheid wüßten. Nicht alle wüßten es, aber doch die besten unter ihnen. Nun war das Kind erkrankt und nun galt es, einen dieser besten Ärzte zu finden, einen von denen, die das Kind zu retten vermögen, dann wäre es gerettet; fand man jedoch diesen besten Arzt nicht oder wohnte man nicht in demselben Orte wie er, dann gab man das Kind verloren. Und das war nicht etwa nur der Glaube meiner Frau allein, sondern das ist der Glaube aller Frauen ihres Kreises, und von allen Seiten hörte sie nur immer das gleiche: ›Jekaterina Ssemjonowna hat zwei Kinder verloren, weil Iwan Sacharytsch nicht rechtzeitig gerufen wurde, und Maria Iwanowna verdankt ihm die Rettung ihres ältesten Mädchens; die Petrows haben auf den Rat des Arztes eine Reise gemacht und ihre Kinder gerettet, den anderen aber, die nicht umgesiedelt waren, sind die Kinder gestorben. Frau so und so hatte ein schwächliches Kind, fuhr auf den Rat des Arztes nach dem Süden und rettete es so.‹

Wie sollen alle diese Dinge einen nicht quälen und das ganze Leben lang beunruhigen? Wo doch das Leben der Kinder, denen die Mutter mit tierischer Anhänglichkeit zugetan ist, angeblich davon abhängt, ob sie rechtzeitig erfährt, was Iwan Sacharytsch über den Fall denkt und kein Mensch eigentlich weiß, was Iwan Sacharytsch sagen wird, am wenigsten er selber, weil er sehr wohl weiß, daß er gar nichts weiß und nicht zu helfen vermag, sondern nur Winkelzüge macht, damit die Leute nicht aufhören, an sein Wissen zu glauben. Wäre sie ganz und gar Tier, dann würde sie sich nicht so sehr quälen. Wäre sie dagegen ganz und gar Mensch, dann würde sie den Glauben an Gott besitzen und würde denken und reden, wie die Gläubigen reden: ›Gott hat es gegeben, Gott hat es genommen, Gott kann man nicht entgehen.‹

Das ganze Leben mit den Kindern war für meine Frau – somit auch für mich – nicht eine Freude, sondern eine Plage. Sie quälte sich unaufhörlich mit ihnen. Kaum hatten wir uns zuweilen nach einer Eifersuchtsszene oder einem einfachen Zank beruhigt und nun daran gedacht, ein wenig Atem zu schöpfen, ein Buch zu lesen oder einen vernünftigen Gedanken zu fassen; kaum hatten wir irgendeine Arbeit vorgenommen, so kam auch schon die Nachricht, daß Wassja erbrechen mußte oder daß Mascha einen blutigen Stuhlgang gehabt, oder daß Andrjuscha einen Ausschlag bekäme. Nun war es natürlich wieder vorbei mit dem vernünftigen Leben. Wohin sollte man rennen, wo einen Arzt auftreiben, wie die gesunden Kinder abschließen? Und nun begann die Wirtschaft mit den Klystieren, dem Temperaturmessen, den Mixturen und den Ärzten. Kaum war der eine Fall erledigt, war schon ein neuer da. Ein regelmäßiges, geordnetes Familienleben gab es nicht. Es gab nur, wie ich Ihnen bereits sagte, eine beständige Flucht vor eingebildeten und wirklichen Gefahren. So ist es jetzt in den meisten Familien. In meiner Familie war es besonders schlimm, denn meine Frau war eine sehr zärtliche Mutter und sehr leichtgläubig.

Der Besitz von Kindern erleichterte uns also das Leben keinesfalls, sondern vergiftete es ganz und gar. Die Kinder gaben immer wieder Anlaß zu Zank und Hader. Seit wir Kinder hatten und diese heranwuchsen, wurden sie mehr und mehr die Veranlassung und der Gegenstand von Streit und Zwist. Ja nicht nur ein Gegenstand des Streites, sondern geradezu eine Waffe im Kampfe – wir lieferten uns gleichsam Schlachten mittels der Kinder. Jeder von uns hatte seinen Liebling, dessen er sich als Waffe im Kampfe bediente. Meine Waffe war später in der Regel Wassja, der Älteste, während sie sich Lisas bediente. Als die Kinder herangewachsen und ihre Charaktere gereift waren, suchten wir sie als Bundesgenossen auf unsere Seite zu bringen. Die armen Wesen litten schwer darunter, aber in unserem unaufhörlichen Kriege dachten wir eben nicht an sie. Das Mädchen fand sich jetzt zumeist auf meiner Seite, während der älteste Knabe, der der Mutter ähnlich war, ihr Liebling wurde und oft von Haß gegen mich erglühte.

XVII

Nun, so lebten wir denn dahin. Unsere Beziehungen wurden immer feindseliger. Schließlich kam es so weit, daß nicht mehr eine Meinungsverschiedenheit die Feindseligkeit hervorrief, sondern aus der Feindseligkeit die Meinungsverschiedenheit entsprang; was sie auch sagen mochte, ich war schon von vornherein anderer Meinung, und das gleiche war auch bei ihr der Fall.

Im vierten Jahre unserer Ehe waren wir beide fest davon überzeugt, daß wir einander nie verstehen, nie zu einer Übereinstimmung miteinander gelangen würden. Wir machten nicht mehr den Versuch, uns wieder einmal richtig auszusprechen. Bei den einfachsten Dingen, namentlich betreffs der Kinder, blieb jeder von uns unerschütterlich bei seiner Meinung. Soweit ich mich jetzt erinnere, waren die Meinungen, die ich vertrat, mir durchaus nicht so teuer, daß ich sie schließlich nicht hätte opfern können; aber *sie* war entgegengesetzter Meinung, und wenn ich nachgab, so hieß das *ihr* nachgeben. Und das konnte ich nicht, so wenig wie sie es konnte. Sie war jedenfalls mir gegenüber nach ihrer Ansicht immer im Recht, und ich war in meinen Augen natürlich ein Heiliger. Waren wir unter uns, so waren wir fast zum Schweigen verurteilt oder auf solche Gespräche angewiesen, wie sie vermutlich die Tiere untereinander führen mögen: ›Wie spät ist es? – Es ist Zeit, daß man schlafen geht. – Was gibt's heute zum Mittagessen? – Wohin wollen wir fahren? – Was steht in der Zeitung? – Man muß zum Arzt schicken, Mascha hat Halsschmerzen.‹ Nur um ein Härchen brauchte dieser bis aufs äußerste beschränkte Stoffkreis überschritten werden, und schon platzten die Gegensätze aufeinander. Es gab Zank und bissige Worte beim Kaffee, wegen des Tischtuches, des Wagens, in dem wir fuhren, des Ausspielens am Kartentisch, kurz, um jede Kleinigkeit, die weder für sie noch für mich von Bedeutung sein konnte. Ich wenigstens war häufig von einer wahren Wut gegen sie erfüllt. Zuweilen, wenn ich zusah, wie sie den Tee eingoß oder mit dem Bein schlenkerte oder den Löffel zum Munde führte und den Trank hinunterschlürfte, haßte ich sie um dieser Dinge willen, als handle es sich um irgendeine verächtliche Tat. Es fiel mir damals nicht auf, daß die Perioden der Bosheit in mir völlig regelmäßig und gleichmäßig auftauchten, und zwar entsprechend jenen Perioden, die wir Liebe nannten. Auf eine Periode der Liebe folgte jedesmal eine Periode des Hasses; war der Ausbruch der Liebe stark, so war die Periode des Hasses von langer Dauer; auf eine schwächere Bekundung der Liebe folgte eine kurze Äußerung des Hasses. Damals begriffen wir nicht, daß diese Liebe und dieser Haß Offenbarungen desselben animalischen Triebes, nur von verschiedenen Polen aus gesehen, waren. So zu leben, wäre schrecklich gewesen, wenn wir uns unserer Lage bewußt geworden wären; dies war jedoch nicht der Fall, wir begriffen unsere Lage nicht. Darin liegt zugleich die Rettung und die Strafe des Menschen, daß er, wenn er ein verkehrtes Leben führt, sich zu betäuben vermag, daß er die ganze Kläglichkeit seiner Lage nicht sieht. So hielten auch wir es jetzt. Sie suchte über allerhand nebensächlicher hastiger Beschäftigung in der Wirtschaft, im Haushalt, in ihrem Boudoir und der Kinderstube unsere gegenseitigen Beziehungen zu vergessen, während ich wieder meine eigene Domäne hatte – Zechgelage, Dienstverrichtungen, Jagd, Kartenspiel. Wir hatten beide beständig zu tun. Wir fühlten es: je beschäftigter wir beide waren, desto böser durften wir aufeinander sein. ›Du hast gut launisch sein,‹ dachte ich, ›die ganze Nacht hast du mich mit deinen Keifszenen gequält und nun soll ich in die Sitzung fahren!‹ – ›Du hast es gut,‹ dachte nicht nur, sondern erklärte sie laut, ›mich hat das Kind die ganze Nacht nicht schlafen lassen!‹ Die neuen Theorien des Hypnotismus, der Geisteskrankheiten sind eine Torheit, und zwar nicht bloß eine harmlose, sondern eine schädliche, widerwärtige Torheit. Meine Frau würde von Charcot zweifellos für hysterisch und ich für nicht normal erklärt worden sein, und er würde uns zweifellos in Behandlung genommen haben, obwohl an uns nicht das geringste herumzukurieren war.

So lebten wir in einem beständigen Nebel und übersahen die Lage nicht, in der wir uns befanden. Und wäre nicht geschehen, was eben geschehen ist, so hätte ich bis in mein Greisenalter so weitergelebt und geglaubt, ein leidlich glückliches Leben durchlebt zu haben, kein besonders schönes zwar, aber auch kein besonders schlechtes, so wie es eben alle Menschen führen; ich wäre nie dahinter gekommen, in welchem Abgrund des Unglücks und der erbärmlichsten Lüge ich schwebte.

Dabei waren wir doch nichts anderes als zwei Sträflinge, die einander haßten, die an einer einzigen Kette ächzten, sich das Leben gegenseitig zu vergiften trachteten und bestrebt waren, nichts von allem zu sehen. Ich wußte damals noch nicht, daß neunundneunzig Prozent aller Ehepaare in derselben Hölle leben wie wir, und daß dies nicht anders sein kann. Damals wußte ich das noch nicht, weder von mir selbst, noch von den anderen.

Merkwürdig, was für Zufälle im Leben mitspielen, ob es nun regelmäßig oder unregelmäßig dahinfließt! Die Eltern können das Leben miteinander nicht mehr ertragen, sie sind sich ›über‹ geworden, und zu gleicher Zeit stellt es sich heraus, daß die Erziehung der Kinder eine Übersiedelung nach der Stadt notwendig macht. ›Nach der Stadt!‹ hieß also jetzt die Parole.«

Er schwieg eine Weile und stieß wohl zweimal seinen seltsamen Laut aus, der jetzt schon völlig einem unterdrückten Schluchzen glich. Der Zug näherte sich der Station.

»Wie spät ist es?« fragte er.

Ich sah nach, es war zwei Uhr.

»Sind Sie nicht müde?« fragte ich ihn.

»Nein; aber *Sie* sind es?«

»Nein, nur ein wenig stickig kommt es mir hier vor. Ich will einen Augenblick hinausgehen und einen Schluck Wasser trinken.«

Er ging mit schwankendem Schritt durch den Wagen. Ich saß da, sann über alles nach, was er mir erzählt hatte, und verfiel in so tiefes Sinnen, daß ich seinen Eintritt durch die andere Tür gar nicht bemerkte.

XVIII

Ja, ich lasse mich gar zu leicht erregen«, begann er von neuem. »Ich habe vielerlei durchdacht. Viele Dinge sehe ich mit eigenen Augen an, und da möchte man denn seine Gedanken aussprechen. Nun, wir lebten also jetzt in der Stadt. In der Stadt kann der Mensch hundert Jahre leben, ohne eine Ahnung davon zu haben, daß er längst gestorben und verdorben ist. Man hat gar keine Zeit, einmal richtig mit sich selbst zu Rate zu gehen, ewig ist man beschäftigt.

Geschäfte, gesellschaftliche Verpflichtungen, die Gesundheit, die Künste, das Befinden der Kinder, ihre Erziehung – wieviel Sorgen schafft das alles! Da heißt es bald den, bald jenen empfangen, da und dort Besuche machen, bald diesen oder diese anhören. In der Stadt gibt es zu jeder Stunde eine, zwei oder auch drei berühmte Persönlichkeiten, die man gesehen haben muß. Bald muß man an sich, bald an dem einen oder anderen Hausgenossen herumkurieren, dann sind die Lehrer, die Erzieher, die Gouvernanten zu überwachen, und so vertrödelt man Stunde um Stunde des Lebens. Nun, so trieben wir es schließlich und empfanden die Qual unseres Zusammenlebens nicht so schmerzlich. Die erste Zeit brachte außerdem die wundervolle Beschäftigung, sich in dem neuen Wohnort und dem neuen Quartier einzurichten, von der Stadt aufs Land und vom Lande in die Stadt zu ziehen usw.

Den ersten Winter in der Stadt hatten wir hinter uns. Im zweiten Winter trat dann ein unauffälliger, kaum merklicher Umstand ein, von dem alle übrigen Vorgänge ihren Anfang nahmen.

Sie war krank, und die Ärzte verboten ihr wieder einmal das Gebären und belehrten sie über gewisse Mittel, um es zu verhindern.

Ich war darüber empört und kämpfte aufs schärfste dagegen an, sie bestand jedoch mit leichtfertigem Trotz auf ihrem Willen, und ich gab nach; der letzte Rechtfertigungsgrund für das widerliche Zusammenleben, das wir führten – die Erzeugung der Kinder – war weggefallen, und unsere eheliche Gemeinschaft nahm noch häßlichere Formen an.

Der Bauer braucht Kinder für die Arbeit; fällt es ihm auch schwer, sie großzuziehen, so braucht er sie doch eben, und daher haben seine ehelichen Beziehungen eine Rechtfertigung. Wir wohlhabenden Leute dagegen bedürfen der Kinder nicht, sie sind eine überflüssige Sorge, verursachen Kosten, Schwierigkeiten bei der Erbschaftsteilung, kurzum: sie sind eine Last. Unser unlauteres Zusammenleben hat demnach überhaupt keine Rechtfertigung mehr. Wir verhindern entweder die Empfängnis auf künstliche Weise, oder wir betrachten die Kinder, wenn sie dennoch geboren werden, als ein Unglück, als eine Folge der Unvorsichtigkeit. Das letztere ist noch unsittlicher als das erstere, und es gibt keine Rechtfertigung dafür. Wir sind jedoch moralisch so gesunken, daß wir eine Rechtfertigung gar nicht mehr für notwendig halten. Die Mehrzahl unserer heutigen gebildeten Welt huldigt dieser Ausschweifung ohne die geringsten Gewissensbisse. Wozu auch Gewissensbisse? Gibt es doch in dem Leben, wie wir es führen, kein Gewissen, außer etwa jenen beiden Faktoren, die wir als öffentliche Meinung und als Scheu vor dem Strafgesetz bezeichnen. Hier kommt jedoch weder diese noch jene in Frage: vor der öffentlichen Meinung braucht man sein Gewissen nicht beschwert zu fühlen, weil doch alle sich so verhalten, ›Maria Pawlowna so gut wie Iwan Sacharytsch – denn welchen Zweck hat es, Bettler in die Welt zu setzen oder sich der Annehmlichkeiten des geselligen Verkehrs zu berauben?‹ Scheu vor dem Strafgesetz oder Gewissensbisse nach dieser Richtung kamen gleichfalls nicht in Frage.

Liederliche Dirnen und Soldatenweiber werfen ihre Kinder wohl in Teiche und Brunnen, die müssen dafür natürlich auch ins Gefängnis wandern, bei uns jedoch geht alles fein sauber und rechtzeitig vor sich. So verlebten wir noch zwei weitere Jahre. Das Mittel, das die Schufte von Ärzten bei meiner Frau in Anwendung gebracht, begann augenscheinlich zu wirken, sie nahm körperlich zu und wurde schön – so schön wie die letzten Tage des Spätsommers. Sie fühlte das und begann sich mit sich selbst zu beschäftigen. Sie wurde zu einer Art prickelnder Schönheit, die die Männer reizt. Sie stand in der Kraftfülle einer dreißigjährigen, gut genährten, sinnlich erregten Frau, die sich des Gebärens enthält. Ihr Anblick hatte etwas Beunruhigendes; wenn sie in Männergesellschaft kam, waren aller Augen auf sie gerichtet. Sie war wie ein überfüttertes Pferd, das zu lange gestanden hat; nun hatte man es angeschirrt und ihm die Zügel freigegeben. Neunundneunzig Hundertstel unserer Frauen sind solche ungezügelte Pferde. Ich fühlte, daß auch sie zu ihnen gehörte, und mir wurde bange ums Herz.«

XIX

Er erhob sich plötzlich und setzte sich dicht ans Fenster. »Entschuldigen Sie mich«, sagte er, richtete die Augen auf das Fenster und saß so wohl drei Minuten lang. Dann seufzte er tief auf und setzte sich wieder mir gegenüber. Seine Miene hatte sich völlig verändert, die Augen hatten etwas Weiches, und ein seltsames Lächeln spielte um seine Lippen. – »Ich bin ein wenig müde geworden,« fuhr er fort, »doch will ich weitererzählen. Es ist noch viel Zeit bis zum Morgengrauen. Ja,« sagte er, sich eine Zigarette anzündend, »sie wurde also von der Zeit an, da sie aufhörte zu gebären, stark und üppig, und diese Krankheit, das ewige Leiden um die Kinder, war vorüber. Es war, als ob sie aus einem Rausche erwacht wäre und die ganze Gotteswelt mit ihren Freuden, die sie vergessen, vor sich sähe, eine Gotteswelt freilich, in der sie nicht zu leben verstand, und die sie nicht begriff. ›Nur genießen, genießen! Die Zeit flieht dahin, und du hältst sie nicht zurück!‹ So muß sie gedacht oder vielmehr gefühlt haben, und sie konnte auch nicht anders denken und fühlen: war sie doch in der Vorstellung erzogen, daß es in der Welt nur eines gebe, das Beachtung verdiente: die Liebe. Sie hatte geheiratet, hatte etwas von dieser Liebe kennengelernt, aber lange nicht das, was sie sich versprochen, was sie erwartet hatte, sondern gar viele Enttäuschungen und Leiden und vor allem diese unerwartete Qual mit den vielen Kindern.

Diese Qual hatte sie mürbe gemacht. Doch dank den diensteifrigen Doktoren war sie dahintergekommen, daß es auch ohne Kinder gehe. Ihre Freude war groß, sie fand die Richtigkeit der Sache bestätigt und lebte nun wieder auf für den einen Lebenszweck, den sie kannte: für die Liebe. Aber die Liebe zu einem Manne, der sein Gefühl durch Eifersucht und jähe Zornesausbrüche entwürdigt hatte, besaß für sie keinen Reiz mehr. Ihr schwebte eine andere, reine, neue Liebe vor, wenigstens glaubte ich das annehmen zu müssen. Und nun begann sie um sich zu schauen, als ob sie etwas erwartete. Ich sah das und konnte nicht umhin, unruhig zu werden. Ich hörte Äußerungen von ihr, die auf eine tiefe Wandlung schließen ließen. Sie sagte es ganz offen, halb im Scherz heraus, daß die mütterlich liebende Sorge eine Täuschung sei, daß es sich nicht lohne, sein Leben den Kindern zu opfern, daß man nur einmal jung sei und sein Leben genießen müsse. Sie beschäftigte sich jetzt mit den Kindern weniger als früher und nicht mehr mit solcher Verzweiflung, dafür wandte sie, wenn auch zunächst unauffällig, ihre Aufmerksamkeit mehr dem eigenen Ich und ihrem Äußeren, ihren Vergnügungen und sogar ihrer Ausbildung zu. Sie nahm mit einiger Begeisterung wieder das Klavierspiel auf, das sie schon ganz vernachlässigt hatte. Und das war dann der Anfang der Katastrophe.«

Er wandte sich wieder mit seinen müde blickenden Augen dem Fenster zu, fuhr dann jedoch, seine Müdigkeit überwindend, sogleich wieder fort:

»Ja, da erschien dieser Mensch auf der Bildfläche.« – Er stockte und gab wohl zweimal seinen eigentümlichen Nasenlaut von sich.

Ich sah, daß es ihm peinlich war, den Namen jenes Mannes zu nennen, sich seiner zu erinnern, von ihm zu reden. Doch er machte eine heftige Anstrengung, überwand gleichsam das Hindernis, das ihm im Wege stand, und fuhr entschlossen fort:

»Er war in meinen Augen und nach meiner Meinung, kurz gesagt, ein Lump. Nicht in Anbetracht der Rolle, die er in meinem Leben gespielt hat, sondern weil er es wirklich war. Übrigens der Umstand, daß er ein schlechter Mensch war, dient mir nur zum Beweise dafür, wie wenig zurechnungsfähig *sie* war. Wenn nicht *er*, so wäre es eben ein anderer gewesen, das war nun schon nicht mehr zu ändern.« – Er schwieg wieder. – »Ja, es war ein Musiker; ein Geiger; nicht ein Musiker von Beruf, sondern halb Berufsmusiker, halb Salonmensch. Sein Vater, ein Gutsbesitzer, war der Nachbar meines Vaters gewesen. Er hatte sein Vermögen verloren, von seinen drei Söhnen hatten zwei ihr Glück gemacht, während der jüngste, eben der Musiker, bei seiner Patin in Paris untergebracht worden war.

Da er musikalisches Talent besaß, ließ man ihn das Konservatorium besuchen, das er als Konzertgeiger verließ. Er war ein Mensch...«, anscheinend wollte er irgend etwas Schlechtes über ihn sagen, doch unterdrückte er das tadelnde Wort und sagte nur rasch und scharf: »Nun, schließlich weiß ich ja nicht, was für ein Leben er früher geführt hatte, ich weiß nur, daß er in jenem Jahre in Rußland auftauchte und in mein Haus kam: mandelförmige, feuchte Augen, lächelnde rote Lippen, ein flott gedrehtes Schnurrbärtchen, letzte moderne Frisur, ein fades, hübsches Gesicht, was die Frauen so einen netten Jungen nennen, von schwächlicher, wenn auch nicht unvorteilhafter Statur, mit stark entwickeltem Hinterteil, wie es die Frauen oder die Hottentotten besitzen, die ja auch sehr musikalisch sein sollen. Er wurde, wo es anging, rasch familiär, fühlte jedoch sogleich, wo das nicht angebracht war, und zog sich dann unter Wahrung seiner äußeren Würde zurück, wobei er sich jenen eigentümlichen Pariser Anstrich zu geben wußte, den Knöpfschuhe, bunte Krawatten und andere in Paris von den Fremden übernommene, auf unsere Frauen wirkende

Modesachen verleihen. In seinen Manieren waltete eine gewisse gekünstelte, äußerliche Flottheit. Er sprach so von allem, verstehen Sie, in Anspielungen und halben Sätzen, als ob Sie schon alles wüßten, sich an alles erinnerten und alles selbst ergänzen könnten. Dieser Mensch mit seiner Musik war also an allem schuld. In der Gerichtsverhandlung wurde der Sachverhalt so dargestellt, als sei Eifersucht die ausschließliche Ursache von allem gewesen. Dies war jedoch durchaus nicht der Fall – das heißt, wenigstens nicht ausschließlich. In der Verhandlung wurde festgestellt, daß ich der betrogene Gatte sei und daß ich sie getötet habe, um meine beleidigte Ehre zu rächen – so nennen sie das ja wohl in ihrer Ausdrucksweise. Aus diesem Grunde also sprachen sie mich frei. Ich wollte ihnen den tieferen Zusammenhang der Dinge klar machen, sie aber verstanden es so, als wollte ich die Ehre meiner Frau rehabilitieren.

Welcher Art ihre Beziehungen zu diesem Musikanten gewesen sind, hatte weder für mich noch für sie irgendeine tiefere Bedeutung. Bedeutung hatte nur das, was ich Ihnen dargelegt habe, nämlich mein unlauteres Leben. Alles kam davon, daß zwischen uns dieser entsetzliche Abgrund gähnte, den ich Ihnen beschrieb, diese furchtbare Spannung gegenseitigen Hasses, bei dem der geringste Anlaß genügte, um eine Krise herbeizuführen. Die Zänkereien zwischen uns waren in der letzten Zeit zu etwas Schrecklichem geworden, verheerend namentlich dadurch, daß sie sich gelegentlich in einer jähen, tierischen Leidenschaftlichkeit auslösten.

Wäre er nicht aufgetaucht, so wäre es eben ein anderer gewesen. Außer der Eifersucht hätte sich ein beliebiger anderer Vorwand finden lassen. Ich bin der Überzeugung, daß alle Männer, die so gelebt haben wie ich, entweder ganz und gar dem Laster verfallen oder zur Scheidung schreiten, entweder Selbstmord begehen oder, wie ich es getan, ihre Frau töten müssen. Wenn bei einem von ihnen keine dieser Möglichkeiten zutrifft, so bildet er eine seltene Ausnahme. Ich hatte, bevor ich den Ausweg wählte, dem ich schließlich den Vorzug gab, mehrmals vor dem Selbstmorde gestanden, und auch sie hatte einige Male versucht, sich zu vergiften.

XX

Ja, so lagen die Dinge in der letzten Zeit.

Wir lebten in einer Art Waffenstillstand und hatten keinen Anlaß, ihn zu verletzen. Plötzlich kommen wir in der Unterhaltung auf einen bestimmten Hund zu sprechen: ich sage, er habe auf der Ausstellung eine Medaille bekommen, und sie behauptet, nicht eine Medaille sei es gewesen, sondern eine ehrenvolle Erwähnung. Wir fangen an zu streiten, von einem Gegenstande geht's zum andern, ein Wort gibt das andere: ›Na ja, wir wissen ja Bescheid, das ist ja immer so. Du sagtest‹ ... – ›Nein, ich habe nichts gesagt...‹ – ›So, dann lüge ich also!...‹ Es liegt so etwas in der Luft, als ob jeden Augenblick wieder eine der entsetzlichen Szenen ausbrechen sollte, bei der man am liebsten sie oder sich selbst töten möchte. Man weiß: jetzt gleich wird es losbrechen, man fürchtet sich davor wie vor dem Feuer und sucht sich zu beherrschen, doch die Wut packt dein ganzes inneres Wesen. Sie ist in derselben, wenn nicht in noch ärgerer Stimmung, verdreht absichtlich jedes deiner Worte und schiebt ihm einen erlogenen Sinn unter; alles aber, was *sie* sagt, ist von Gift durchtränkt und ihre Worte wissen mich gerade an den empfindlichsten Stellen zu treffen. Immer weiter geht's, immer toller. Ich schreie: ›Schweig!‹ oder so etwas in der Art. Sie läuft aus dem Zimmer nach der Kinderstube. Ich will sie zurückhalten, um meine Rede und Beweisführung zu beenden, und fasse sie bei der Hand. Sie stellt sich, als hätte ich ihr wehgetan, und schreit: ›Kinder, euer Vater schlägt mich!‹ Ich schreie meinerseits: ›Lüg' nicht!‹ – Sie kreischt: ›Es wäre ja nicht das erstemal!‹ – Die Kinder stürzen zu ihr hin und sie beruhigt sie. Ich sage: ›Verstell' dich doch nicht!‹ Sie sagt: ›Für dich ist alles Verstellung, du bist imstande, einen Menschen zu töten und zu behaupten, er verstelle sich. Jetzt habe ich dich durchschaut: auf meinen Tod hast du es abgesehen, weiter nichts!‹ – ›Ach, wenn du doch krepieren wolltest!‹ schrei ich.

Ich erinnere mich noch, wie ich bei diesen meinen Worten erschrak: ich hatte nicht geglaubt, daß ich fähig wäre, so schreckliche, rohe Worte auszusprechen, und war erstaunt, daß sie meinen Lippen entfuhren. Ich stoße diese schrecklichen Worte aus, eile in mein Kabinett, setze mich hin und rauche. Ich höre, daß sie sich ins Vorzimmer begibt und sich zum Ausfahren bereitmacht. Ich frage sie:

›Wohin?‹ – Sie antwortet mir nicht. Na, dann hol' sie der Teufel, denk' ich, kehre in mein Kabinett zurück, lege mich hin und rauche. Tausend verschiedene Pläne, wie ich mich an ihr rächen, mich von ihr befreien und das alles ungeschehen machen könnte, schwirren mir durch den Kopf. Gedanke um Gedanke taucht empor und ich rauche, rauche, rauche. Ich will nach Amerika entfliehen. So weit führen mich meine Gedanken, daß ich mir schon allen Ernstes ausmale, wie schön das sein wird, von ihr befreit zu sein und mit einer neuen, völlig anders gearteten, schönen Frau zusammenzuleben. Wie aber soll ich von ihr frei werden? Dadurch, daß sie stirbt, oder daß ich mich von ihr scheiden lasse – ja, aber wie soll das geschehen? Ich sehe, daß meine Gedanken wirr werden, daß mir lauter dummes Zeug durch den Kopf geht, und um zu vergessen, wie toll das alles ist, – rauche und rauche ich.

Zu Hause aber nimmt das gewöhnliche Leben seinen Fortgang. Die Gouvernante kommt und fragt, wo Madame sei, wann sie zurückkommen werde. Der Diener fragt, ob er den Tee servieren solle. Ich komme ins Eßzimmer; die Kinder, namentlich Lisa, die Älteste, die schon begreift, sieht mich fragend und mißbilligend an. Schweigend trinken wir den Tee. Sie kommt und kommt nicht. Der ganze Abend vergeht, ohne daß sie zurückkehrt, und zwei Gefühle wechseln in meiner Seele: der Zorn darüber, daß sie mich und die Kinder durch ihre Abwesenheit quält, die doch schließlich nur mit ihrer Rückkehr enden könne, und die Angst, daß sie am Ende doch nicht kommt und sich etwas antut. Ich möchte sie holen – doch wo soll ich sie suchen? Bei ihrer Schwester? Aber das sieht so dumm aus: man kommt hin und fragt nach ihr! Schließlich, Gott mit ihr: wenn sie andere quälen will, so soll sie sich auch selbst quälen! Das will sie ja nur, daß man sie hole. Das nächste Mal wird sie es dann nur um so toller treiben. Wie aber, wenn sie nicht bei der Schwester ist, wenn sie sich etwas antut oder schon angetan hat? ... Elf Uhr, zwölf Uhr. Ich gehe nicht ins Schlafzimmer, es sieht so dumm aus, wenn man dort so allein herumliegt und wartet. Ich gehe überhaupt nicht schlafen. Ich will mich lieber irgendwie beschäftigen, einen Brief schreiben, etwas lesen ... ach, zu nichts hab' ich Lust! Ich sitze allein im Kabinett, quäle mich, ärgre mich und horche zum Zimmer hinaus.

Drei, vier Uhr – sie ist noch immer nicht da. Gegen morgen schlafe ich ein. Nach einiger Zeit erwache ich – noch immer bin ich allein.

Alles im Hause geht seinen alten Gang, alles jedoch ist erstaunt und sieht mich vorwurfsvoll an, in der Meinung, daß ich an allem schuld sei.

In mir wütet immer noch der Kampf zwischen dem Zorne darüber, daß sie mich so martert und der Unruhe um ihr Verbleiben.

Gegen elf Uhr morgens erscheint ihre Schwester bei mir als ihre Abgesandte. Die gewohnte Unterhandlung beginnt: ›Sie ist in einer schrecklichen Verfassung ... Ja, aber wie denn? Es ist doch nichts geschehen!‹ Ich spreche von ihrem unerträglichen Charakter und sage, daß mich jedenfalls keine Schuld treffe.

›Auf keinen Fall darf das so bleiben‹, sagt die Schwester.

›Alles kommt auf *ihr* Konto, nicht auf meines‹, sage ich. ›Ich werde jedenfalls den ersten Schritt nicht tun. Wenn sie sich scheiden lassen will – mir soll es recht sein.‹

Der Besuch der Schwägerin war ergebnislos verlaufen. Ich hatte ihr ohne Umstände erklärt, daß ich den ersten Schritt nicht tun würde, kaum jedoch war sie fort, kaum war ich aus dem Zimmer getreten und hatte die verstörten, erschrockenen Gesichter der Kinder gesehen, als ich auch schon bereit war, dennoch den ersten Schritt zu tun. Wie aber soll ich es anfangen? Wieder gehe ich umher und rauche, trinke beim Frühstück Likör und Wein und erreiche damit, was ich unbewußt wünsche: daß ich das Törichte, Abgeschmackte meiner Lage nicht sehe.

Gegen drei Uhr kommt sie angefahren. Ohne ein Wort zu sagen, geht sie an mir vorüber. In der Meinung, daß sie sich beruhigt hat, beginne ich ihr auseinanderzusetzen, ihre Vorwürfe hätten mich gereizt. Mit abweisendem, bis zum äußersten abgespanntem Gesicht erklärt sie mir, wir könnten nicht miteinander weiterleben. Ich sage, mich träfe keine Schuld, sie hätte mich geradezu herausgefordert. Sie sieht mich ernst und feierlich an und sagt darauf: ›Sprich nicht weiter, es wird dir leid tun.‹ Ich entgegne ihr, ich könne kein Komödienspiel leiden. Da schreit sie mir irgend etwas ins Gesicht, was ich nicht verstehe, und läuft in ihr Zimmer. Der Schlüssel knarrt von innen; sie hat sich eingeschlossen. Ich klopfe, keine Antwort erfolgt, und ich entferne mich wütend. Eine halbe Stunde darauf kommt Lisa weinend herbeigelaufen. – ›Was gibt es? Ist etwas vorgefallen?‹ – ›In Mamas Zimmer ist es so still.‹ – ›Komm schnell!‹ – Ich rüttle aus Leibeskräften an der Tür. Der Riegel schloß nicht dicht, und die beiden Flügel springen auf. Ich trete an ihr Bett heran. Sie liegt recht unbequem da, in Unterkleidern und hohe Stiefeletten. Auf dem Tische steht ein geleertes Opiumfläschchen.

Wir bringen sie ins Bewußtsein zurück; Tränen – und schließlich Versöhnung. Doch nein, nicht Versöhnung: jeder von uns trägt in der Seele den alten Grimm, noch verstärkt durch den Schmerz, den die Erregung dieses neuen Streites hervorgerufen hat, und den natürlich jeder vollständig auf die Rechnung des andern setzt. Aber schließlich mußte doch alles das ein Ende nehmen, und das Leben kam wieder ins alte Geleise. Zank und Streit gab es unaufhörlich, bald einmal in der Woche, bald einmal im Monat, bald auch Tag für Tag. Und immer war es dasselbe Spiel. Einmal hatte ich bereits einen Auslandspaß genommen – der Zank hatte zwei Tage gedauert. Dann aber kam wieder eine halbe Erklärung, eine halbe Aussöhnung – und ich blieb.

XXI

So also sah es in unserem ehelichen Leben aus, als jener Mensch auf der Bildfläche erschien. Er kam nach Moskau – Truchatschewskij hieß er – und machte mir seinen Besuch. Es war am Vormittag. Ich empfing ihn. Wir hatten uns einstmals geduzt. Er schwankte in der Unterhaltung zwischen dem ›Sie‹ und dem ›Du‹ hin und her und schien dem letzteren den Vorzug zu geben, ich betonte jedoch von vornherein das ›Sie‹, und er gab sogleich nach.

Er mißfiel mir sehr, und zwar auf den ersten Blick. Seltsamerweise jedoch trieb mich eine verhängnisvolle Macht, ihn an mich zu ziehen, statt ihn von mir fernzuhalten. Was wäre schließlich einfacher gewesen, als daß ich nach einer kühlen Unterhaltung mich von ihm verabschiedet hätte, ohne ihn meiner Frau vorzustellen? Statt dessen jedoch kam ich wie absichtlich auf sein Spiel zu sprechen und sagte, man habe mir erzählt, er habe sein Geigenspiel aufgegeben. Er sagte, er spiele im Gegenteil jetzt eifriger denn je, und erinnerte mich daran, daß auch ich früher gespielt hätte. Ich erklärte, daß ich nicht mehr spielte, daß jedoch meine Frau gut spiele. Ganz seltsamerweise gestalteten sich meine Beziehungen zu ihm gleich am ersten Tage, in der ersten Stunde unseres Wiedersehens so, als ob alles auf den Endzweck, der schließlich erzielt wurde, abgesehen gewesen wäre. Es war etwas Gespanntes in unseren Beziehungen: jedes Wort, jeder Ausdruck, der über seine oder meine Lippen kam, schien mir ein besonderes Gewicht zu haben.

Ich stellte ihm meine Frau vor. Sogleich entspann sich eine Unterhaltung über Musik, und er bot sich an, mit ihr zusammen zu spielen.

Meine Frau war, wie stets in dieser letzten Zeit, sehr elegant und schick, ja von bestrickendem Reize. Er gefiel ihr anscheinend auf den ersten Blick. Vor allem war sie hocherfreut darüber, einen Geiger zum Zusammenspiel zu haben, was sie sehr gern hatte, so daß sie zu diesem Zweck auch öfters einen Violinisten vom Theater zu engagieren pflegte. Man sah ihr die Freude über die neue Bekanntschaft am Gesichte an, als sie mich jedoch anschaute, begriff sie sogleich mein Gefühl und änderte ihren Gesichtsausdruck. Und nun begann dieses Spiel des gegenseitigen Belügens. Ich lächelte zuvorkommend und tat, als ob mir das alles sehr angenehm wäre. Er sah meine Frau so an, wie alle sittenlosen Männer hübsche Frauen anzusehen pflegen, wobei er sich so anstellte, als ob für ihn nur der Gegenstand der Unterhaltung von Interesse sei, während gerade dieser ihn am wenigsten interessierte. Sie suchte gleichgültig zu erscheinen, aber das ihr wohlbekannte, künstlichlächelnde Mienenspiel meines von Eifersucht erregten Gesichtes und der lüsterne Blick des Gastes machten sie offenbar befangen. Ich sah, daß vom ersten Augenblick an ihre Augen in eigentümlicher Weise erglänzten, und meine Eifersucht bewirkte es wohl, daß zwischen ihm und ihr sozusagen ein elektrischer Strom entstand, der bei beiden den gleichen Ausdruck in Blick und Lächeln hervorrief. Sie errötete, er errötete. Sie lächelte, er lächelte. Wir plauderten von Musik, von Paris, von allen möglichen Bagatellen. Er erhob sich, um zu gehen, stand den Hut am zuckenden Schenkel, lächelnd da und sah bald sie, bald mich an, als wartete er, was wir wohl beginnen würden. Ich habe diesen Moment ganz besonders im Gedächtnis behalten: hätte ich ihn nicht eingeladen, so wäre gar nichts geschehen. Doch ich sah ihn und sie an. ›Glaube nicht etwa, ich sei deinetwegen eifersüchtig,‹ sprach ich in Gedanken zu ihr und fuhr dann, zu ihm gewandt, fort: ›oder ich fürchtete *deine* Nebenbuhlerschaft‹, und ich lud ihn ein, gelegentlich am Abend seine

Geige mitzubringen und mit meiner Frau zu musizieren. Sie sah mich erstaunt an, wurde rot, meinte erschrocken, sie spiele doch nicht gut genug, und weigerte sich, mit ihm zusammen zu spielen. Ihre Weigerung reizte mich noch mehr und ich bestand nun erst recht auf meinem Vorschlage. Ich erinnere mich des seltsamen Gefühls, das mich beschlich, als ich ihn mit seinem hüpfenden Vogelschritt hinausgehen sah und seinen weißen Nacken mit dem in der Mitte gescheitelten schwarzen Haar betrachtete. Ich sagte mir im stillen, daß die Anwesenheit dieses Menschen mir unbedingt peinvoll sei. Es hinge nur von mir ab, dachte ich, es so einzurichten, daß sie ihn niemals zu Gesichte bekäme – aber das hätte dann so ausgesehen, als ob ich Angst vor ihm habe. Nein, ich hatte keine Angst! Das wäre gar zu erniedrigend, redete ich mir ein.

Und so lud ich ihn denn im Vorzimmer, wohl wissend, daß meine Frau es hörte, noch auf diesen Abend ein. Er nahm es an, versprach, seine Geige mitzubringen, und empfahl sich.

Am Abend erschien er mit der Geige, und sie spielten. Aber das Spiel klappte nicht recht: die Noten, die sie brauchten, waren nicht vorhanden, und was vorhanden war, konnte meine Frau ohne Vorbereitung nicht spielen. Ich war ein großer Musikfreund und verfolgte ihr Spiel mit Interesse, hatte für ihn ein Notenpult aufgestellt und wandte die Notenblätter um. Sie spielten einige Sachen, Lieder ohne Worte und eine Mozartsche Sonate. Er spielte ausgezeichnet: er besaß im höchsten Maße das, was man Tonfülle nennt, und außerdem einen zarten, edlen Geschmack, der im übrigen seinem Charakter zu widersprechen schien. Er spielte natürlich weit besser als meine Frau, half ihr, wo es ging, und lobte zugleich ihr Spiel in reservierter Weise. Er hielt sich sehr gut. Meine Frau schien sich nur für die Musik zu interessieren und gab sich sehr einfach und natürlich. Ich stellte mich, als sei ich ganz von der Musik in Anspruch genommen, in Wirklichkeit jedoch wurde ich den ganzen Abend von Eifersuchtsqualen gepeinigt. Vom ersten Blick an, den sie miteinander gewechselt hatten, sah ich, daß das Tier, das in ihnen stak, ohne irgendwelche Rücksicht auf die gesellschaftliche Situation bereits geforscht hatte: ›Darf ich?‹ worauf die Antwort erfolgt war: ›Oja – bitte sehr!‹ Ich sah es ihm an, daß er nicht erwartet hatte, in meiner Frau, einer schlichten Moskowiterin, eine so anziehende Dame zu finden, und daß er darüber sehr erfreut war – denn einen Zweifel an ihrer Zustimmung hielt er offenbar für ausgeschlossen. Die Frage war nur, ob nicht vielleicht der Gatte sich allzu unbequem erweisen würde. Wäre ich selbst rein gewesen, so hätte ich das nicht so klar durchschaut, aber ich hatte, wie die meisten Männer, als Junggeselle von den Frauen dieselbe Meinung gehabt und las deshalb in seiner Seele wie in einem offenen Buche.

Ganz besonders quälte mich die Erkenntnis, daß sie gegen mich kein anderes Gefühl hegte als diese beständige, nur durch die üblichen Sinnlichkeitsausbrüche unterbrochene Erregtheit, während dieser Mensch durch seine äußere Eleganz, durch die Neuheit seiner Erscheinung, durch sein unzweifelhaft großes musikalisches Talent und die intime Annäherung, die das Zusammenspiel, zumal bei Mitwirkung der Geige, bei empfänglichen Naturen hervorbringt, ihr nicht nur gefallen, sondern sie unbedingt beim ersten Angriff erobern, sie nach seinem Willen ummodeln und sich völlig gefügig machen mußte. Ich mußte das einsehen, und ich litt unsagbar unter dieser Erkenntnis. Gleichwohl oder vielleicht eben darum trieb mich eine geheime Macht wider Willen an, nicht nur besonders höflich, sondern geradezu zuvorkommend gegen ihn zu sein.

Ob ich das um meiner Frau oder um seinetwillen tat, etwa um zu zeigen, daß ich ihn nicht fürchte, oder ob es um meinetwillen in der Absicht des Selbsttäuschung geschah, weiß ich nicht, jedenfalls vermochte ich vom ersten Augenblick an nicht einfach und natürlich gegen ihn zu sein. Ich mußte ihn streicheln, um nicht dem Wunsche nachzugeben, ihn sofort zu töten. Ich bewirtete ihn beim Abendessen mit teuren Weinen, schwärmte von seinem Spiel, setzte, wenn ich mit ihm sprach, das freundlichste Lächeln auf und lud ihn für den nächsten Sonntag zum Mittagessen ein. Sie sollten dann wieder zusammenspielen, und ich versprach, ein paar musikliebende Bekannte einzuladen, die ihn anhören sollten. Damit schieden wir voneinander.«

In heftiger Erregung rückte er auf seinem Platze hin und her und ließ seinen eigentümlichen Laut vernehmen.

»Höchst seltsam,« begann er wieder, sichtlich bemüht, seine Ruhe zu bewahren, »wie die Anwesenheit dieses Menschen auf mich wirkte. Zwei oder drei Tage darauf kam ich aus einer Ausstellung nach Hause. Ich betrete das Vorzimmer, verspüre einen Druck, wie wenn sich mir ein Stein schwer auf die Brust legte, und kann mir keine Rechenschaft geben, was das eigentlich bedeutet. Erst allmählich kam es mir zum

Bewußtsein: ich hatte im Vorzimmer etwas bemerkt, was im Zusammenhang mit ihm stehen mußte. Im Kabinett angelangt, machte ich kehrt, um mir Klarheit über den Sachverhalt zu verschaffen. Ich ging ins Vorzimmer zurück und fand die Richtigkeit meiner Beobachtung bestätigt: nein, ich hatte mich nicht geirrt – dort hing sein Mantel. Solch ein moderner, geckenhafter Mantel, wissen Sie? Alles, was sich auf ihn bezog, erregte immer meine besondere Aufmerksamkeit, wenn ich mir auch nicht sofort volle Rechenschaft darüber gab. Ich frage nach ihm: ja, er ist da. Ich gehe nicht durch das Besuchszimmer, sondern durch das Unterrichtszimmer der Kinder nach dem Salon. Lisa, meine Tochter, sitzt mit einem Buche in der Hand da, und die Kinderfrau mit der Kleinsten am Tische läßt einen Deckel tanzen. Die Salontür ist geschlossen. Ich höre von dort her ein gleichmäßiges Arpeggio und seine und ihre Stimme; ich horche, vermag jedoch nichts von ihrem Gespräch zu unterscheiden, offenbar sollte das Klavier ihre Worte, oder ihre Küsse – wer weiß? – übertönen. Mein Gott, was sich da in mir aufbäumte! Wenn ich nur an die reißende Bestie denke, die damals in mir lebte, packt mich das Entsetzen. Das Herz krampfte sich mir plötzlich zusammen, es blieb stehen und begann dann wie mit Hammerschlägen zu pochen. Das vorwiegende Gefühl, das ich empfand, war wie bei allen meinen Zorneswallungen, Mitleid mit mir selbst. ›In Gegenwart der Kinder, der Kinderfrau!‹ dachte ich.

Ich muß schrecklich ausgesehen haben, denn Lisa sah mich mit ganz verängstigten Augen an. ›Was soll ich tun?‹ fragte ich mich, ›hineingehen kann ich nicht, ich richte Gott weiß was an. Doch ich kann auch nicht fortgehen. Die Kinderfrau sieht mich gerade so an, als ob sie alles erriete.‹

›Ja, ich muß hineingehen,‹ sprach ich zu mir selbst und öffnete rasch die Tür. Er saß am Klavier, spielte mit seinen gebogenen, langen, weißen Fingern diese Arpeggien, und sie stand an der Ecke des Flügels über den aufgeschlagenen Noten. Sie hatte mich zuerst erblickt oder gehört und schaute mich an. Ob sie erschrocken war und sich nur so stellte, als sei sie nicht erschrocken, oder ob sie tatsächlich nicht erschrocken war – jedenfalls zuckte und bewegte sie sich nicht, sondern errötete nur, und zwar erst nachträglich.

›Wie freue ich mich, daß du gekommen bist – wir haben uns noch nicht entschlossen, was wir am Sonntag spielen sollen‹, sprach sie in einem

Tone, in welchem sie nicht mit mir gesprochen hätte, wenn wir allein gewesen wären. Dieser Ton sowie der Umstand, daß sie sich und ihn in dem Worte ›wir‹ zusammenfaßte, beunruhigte mich. Ich begrüßte ihn schweigend. Er drückte mir die Hand und begann mir mit einem Lächeln, worin von vornherein eine gewisse Ironie zu liegen schien, zu erklären, er habe die Noten für die sonntägliche Musikunterhaltung mitgebracht, sie seien noch nicht einig, was sie spielen sollten, eine schwierigere klassische Sache, etwa eine Beethovensche Sonate für Violine oder einige kleinere Stücke? Alles war so natürlich und einfach, daß man an nichts Anstoß nehmen konnte; dennoch war ich überzeugt, daß alles erlogen war, daß es ihnen nur darauf ankam, sich zu verabreden, wie sie mich hintergehen könnten.

Eine der quälendsten Eigentümlichkeiten unseres gesellschaftlichen Verkehrs ist für eifersüchtige Leute – und das sind wohl alle, die unsere Salons bevölkern – die allzu freie, gefährliche Annäherung, die zwischen Männern und Frauen möglich ist. Man macht sich einfach lächerlich, wenn man auf Bällen, im Verkehr des Arztes mit seiner Patientin, im Bereich der Künste, der Malerei, besonders aber der Musik, diese Annäherung verhindern wollte. Die Leutchen widmen sich zu zweien der edelsten aller Künste, der Musik; zu diesem Zweck muß ein gewisses Näherrücken stattfinden, das nichts Verdächtiges hat: nur der dumme, eifersüchtige Ehemann kann darin etwas Unerwünschtes sehen. Und dabei wissen doch alle nur zu gut, daß gerade die erwähnten Beschäftigungen, zumal mit der Musik, zu den meisten Ehebrüchen in unseren Gesellschaftskreisen Anlaß geben.

Ich hatte sie augenscheinlich durch die Verwirrung, die sich in meinen Zügen malte, gleichfalls in Verwirrung gebracht.

Ich konnte eine ganze Weile kein Wort sagen und war wie eine umgestülpte Flasche, aus der das Wasser nicht herausquillt, weil sie zu voll ist. Ich brannte darauf, ihn auszuschelten und hinauszuwerfen, doch ich fühlte, daß ich wieder freundlich und zuvorkommend gegen ihn sein müßte. Ich stellte mich, als hieße ich alles gut, versicherte ihm, daß ich mich ganz auf seinen guten Geschmack verlasse, und riet ihr, sich ebenso zu verhalten. Er blieb noch so lange, als notwendig war, um den peinlichen Eindruck zu verwischen, als ich plötzlich mit erschrockenem Gesicht ins Zimmer trat und schweigend stehen blieb, und er empfahl sich, nachdem er angeblich mit ihr darüber einig geworden, was sie morgen spielen würden. Ich war meinerseits fest davon überzeugt, daß im Vergleich zu dem, was sie tiefinnerlich beschäftigte, die Frage, was sie spielen sollten, ihnen höchst gleichgültig war. Ich begleitete ihn mit ganz besonderer Höflichkeit ins Vorzimmer – wie sollte ich das nicht bei einem Menschen, der erschienen war, um die Ruhe einer ganzen Familie zu stören und ihr Glück zu vernichten? Mit ausnehmender Freundlichkeit drückte ich seine weiße, weiche Hand.

XXII

An diesem ganzen Tage sprach ich nicht mit ihr, ich war dazu nicht imstande. Ihre Nähe rief in mir eine solche Wut hervor, daß ich mich vor mir selbst fürchtete. Bei Tisch fragte sie mich in Gegenwart der Kinder, wann ich verreise. Ich hatte in der nächsten Woche vor, zu einer Kreisversammlung zu fahren. Ich gab ihr Bescheid. Sie fragte mich, ob ich nicht irgend etwas für die Fahrt mitnehmen möchte. Ich antwortete ihr nicht und begab mich schweigend in mein Kabinett. In letzter Zeit war sie nie in mein Zimmer gekommen, namentlich nicht um diese Zeit. Ich lag im Kabinett und war im höchsten Maße aufgebracht. Da vernehme ich einen bekannten Schritt. Und plötzlich kommt mir der furchtbare, tolle Gedanke in den Kopf, daß sie, wie die Frau des Urias, ihre bereits begangene Sünde verbergen wolle und daß sie deshalb zu so ungewohnter Stunde zu mir komme. ›Kommt sie denn wirklich zu mir?‹ dachte ich und horchte auf die sich nahenden Schritte. ›Wenn sie zu mir kommt, dann ist meine Vermutung richtig‹ ... Und in meiner Seele erhebt sich eine unaussprechliche Wut gegen sie. Die Schritte kommen näher und näher – vielleicht geht sie doch vorüber, in den Salon? Nein, die Tür knarrte, und in der Türöffnung erschien ihre hohe, schöne Gestalt; aus ihren Mienen und Blicken spricht Scheu und Schmeichelei, die sie verbergen möchte, die mir jedoch nicht entgehen, und deren Bedeutung ich wohl begreife.
Ich war fast dem Ersticken nahe, so lange hatte ich meinen Atem angehalten, und ohne ein Auge von ihr zu wenden, griff ich nach meiner Zigarettentasche und zündete mir eine Zigarette an.

›Sieh doch! Man kommt zu dir, um zu plaudern, und du steckst dir eine Zigarette an?‹ sagte sie, setzte sich neben mich auf den Diwan und wollte sich an mich lehnen.

Ich rückte fort, um ihrer Berührung auszuweichen.

›Ich sehe, es paßt dir nicht, daß ich am Sonntag spielen will?‹ sagte sie.

›O, doch, doch, es paßt mir sehr gut‹, erwiderte ich.

›Ja, aber ich sehe doch . . .‹

›Freut mich sehr, daß du es siehst. Ich sehe nur das eine, daß du dich wie ein kokettes Weib benimmst ... Du schwärmst eben für alles Gemeine, während ich es verabscheue.‹

›Wenn du schimpfen willst wie ein Kutscher, dann geh' ich lieber.‹

›Geh' – aber merk' es dir: wenn *dir* an der Familienehre nichts liegt, so werde *ich* sie zu schützen wissen, dich aber ... dich ... mag der Teufel holen!‹

›Ja, was . . . was denn?‹

›Pack' dich – um Gottes willen, pack' dich!‹

Ob sie sich nur so stellte, als verstände sie meine Worte nicht, oder ob sie sie wirklich nicht verstand – kurzum, sie wurde böse, ging jedoch nicht hinaus, sondern blieb beleidigt mitten im Zimmer stehen.

›Du bist wirklich ganz unmöglich geworden‹, begann sie, ›du hast eine Art, an die auch ein Engel sich nicht zu gewöhnen vermöchte‹ – und wie immer, suchte sie mich an einer möglichst schmerzlichen Stelle zu treffen, indem sie mich an einen Zusammenstoß mit meiner Schwester erinnerte, der ich damals im Ärger einige Grobheiten gesagt hatte. Sie wußte, daß mir dieser Streit sehr peinlich gewesen war, und darum spielte sie gerade jetzt auf ihn an.

›Nach jenem Vorfall wundere ich mich über nichts mehr‹, sagte sie.

›Ja, mich beleidigen, erniedrigen, mich mit Schmach und Schuld bedecken...‹, sagte ich mir im stillen – und plötzlich erfaßte mich eine so entsetzliche Wut gegen sie, wie ich sie noch niemals empfunden hatte. Zum erstenmal verspürte ich das Verlangen, diese Wut physisch zum Ausdruck zu bringen. Ich sprang auf und drang auf sie ein, im Augenblick jedoch, da ich aufsprang, kam mir mein Wutzustand zum Bewußtsein, und ich fragte mich, ob ich recht daran täte, mich diesem Zustande zu überlassen. Und alsbald gab ich mir zur Antwort: ›Ja, ja, du tust recht daran, denn das wird sie einschüchtern‹, und statt die Flamme zu löschen, begann ich sie vielmehr zu schüren und empfand eine wahre Lust, wie sie mehr und mehr in mir emporloderte.

›Scher dich hinaus oder ich schlage dich tot!‹ schrie ich, auf sie zutretend, und erfaßte ihre Hand.

Ich verstärkte dabei absichtlich den wütenden Ausdruck meiner Stimme. Und ich muß wohl furchtbar ausgesehen haben, denn sie war so eingeschüchtert, daß sie nicht einmal mehr die Kraft fand, sich zu entfernen, und nur die Worte hervorbrachte:

›Wassja, was ist denn mit dir? Was ist dir?‹

›Hinaus mit dir!‹ brüllte ich noch lauter, ›du bringst mich, weiß Gott, zum äußersten! Ich stehe für mich nicht mehr ein!‹

Ich überließ mich ganz meiner Wut, berauschte mich förmlich an ihr und verspürte nicht übel Lust, noch irgend etwas ganz Außergewöhnliches zu vollbringen, das den Grad meiner Raserei zum Ausdruck bringen könnte. Ich brannte vor Verlangen, sie zu schlagen, zu töten, doch sagte ich mir, daß das doch nicht so ohne weiteres gehe, und um meinem Jähzorn wenigstens *einen* Ausweg zu schaffen, ergriff ich den Briefbeschwerer vom Tische, schrie noch einmal: ›Hinaus mit dir!‹ und schleuderte den Briefbeschwerer neben ihr auf den Fußboden. Dann ging sie aus dem Zimmer, blieb jedoch in der Tür stehen. Und da, während sie noch nach mir hinsah – ich tat es bloß damit sie es sähe – nahm ich auch den Leuchter und das Tintenfaß vom Schreibtische, warf beides auf den Boden und schrie: ›Geh, pack dich, ich stehe nicht für mich ein!‹

Sie ging, und ich beruhigte mich sogleich. Eine Stunde später kam die Kinderfrau und sagte mir, daß meine Frau einen hysterischen Anfall habe. Ich ging in ihr Zimmer: sie schluchzte, lachte, konnte nicht sprechen und zuckte am ganzen Leibe. Sie verstellte sich nicht, sondern war wirklich krank.

Am Morgen, nachdem wir uns versöhnt und ich ihr eingestanden hatte, daß ich auf Truchatschewskij eifersüchtig gewesen, war sie nicht im geringsten verlegen, sondern lachte auf die natürlichste Weise; schon die Möglichkeit, sagte sie, sich in einen solchen Menschen zu verlieben, käme ihr sonderbar vor.

›Kann eine anständige Frau wohl für einen solchen Menschen eine andere Empfindung hegen, als eben jene, die die Musik hervorruft?‹ sagte sie. ›Wenn es dir recht ist, will ich ihn niemals wiedersehen. Auch an diesem Sonntag nicht, obgleich schon alle eingeladen sind; schreib ihm, daß ich unpäßlich sei und damit Schluß. Unangenehm ist nur, daß jemand – womöglich er selbst – denken könnte, er sei gefährlich. Ich bin jedenfalls viel zu stolz, um einen solchen Gedanken aufkommen zu lassen!‹

Und sie log damals wirklich nicht, sie glaubte an das, was sie sagte, sie hoffte, Geringschätzung gegen ihn durch diese Worte in sich hervorzurufen und sich so gegen ihn zu schützen, was ihr freilich nicht gelang.

Alles hatte sich gegen sie verschworen, insbesondere diese fluchwürdige Musik. So endete alles – am Sonntag versammelten sich die Gäste, und sie spielten wieder zusammen.

XXIII

Ich halte es für überflüssig zu sagen, daß ich sehr ehrgeizig war. Wenn man in unserem gewöhnlichen Durchschnittsleben nicht ehrgeizig ist, fehlt es einem eigentlich an einem Lebenszweck. Nun, so machte ich mich denn am Sonntag mit all dem Geschmack, den ich besaß, an das Arrangement des Diners nebst anschließender musikalischer Abendunterhaltung. Ich selbst besorgte die meisten Einkäufe zum Essen und lud die Gäste ein. Um sechs Uhr versammelten sich die Gäste, und auch er erschien im Frack, mit brillantenen Manschettenknöpfen von schlechtem Geschmack. Er benahm sich ganz ungezwungen, gab seine Antworten rasch, mit einem Lächeln der Zustimmung und des Einverständnisses – jenem besonderen Lächeln, verstehen Sie, welches besagt, daß alles, was Sie tun oder reden mögen, gerade das ist, was er erwartet. Alles Unvornehme, das mir jetzt an ihm auffiel, vermerkte ich mit besonderem Wohlgefallen, da es mich beruhigen und mir zum Beweis dafür werden mußte, daß er für meine Frau auf einer viel zu niedrigen Stufe stand, auf die sie, wie sie sagte, sich nie herablassen könnte. Ich gestattete mir nun nicht mehr, den Eifersüchtigen zu spielen. Erstens hatte ich die Qualen dieser Leidenschaft schon zur Genüge kennen gelernt, so daß ich der Ruhe bedurfte, und zweitens wollte ich den Versicherungen meiner Frau Glauben schenken und glaubte ihnen in der Tat. Aber obschon ich nicht eifersüchtig sein wollte, war mein Benehmen beiden gegenüber doch recht unnatürlich, und während des Mittagessens wie auch während der ersten darauf folgenden Stunde, bevor noch die Vorträge begannen, hörte ich nicht auf, ihre Bewegungen und Blicke zu verfolgen.

Das Mittagessen hatte als solches etwas Langweiliges, Gespreiztes. Die musikalischen Vorträge begannen ziemlich früh. Ach, wie lebhaft mir die Einzelheiten dieses Abends noch vor Augen stehen! Ich erinnere mich, wie er die Geige hereinbrachte, den Geigenkasten abstäubte, die Decke mit Stickereien von Damenhand abnahm, das Instrument hervorholte und zu stimmen anfing. Ich erinnere mich, wie meine Frau mit erkünstelt-gleichgültiger Miene, hinter der sich, wie ich wohl merkte, eine große Ängstlichkeit wegen ihres geringen Könnens verbarg, am Klavier Platz nahm, wie vom Klavier die üblichen Pas und von der Geige das Pizzicato sich vernehmen ließen und die Noten verteilt wurden. Ich erinnere mich, wie sie dann einander ansahen und wie das Spiel begann. Er griff die ersten Akkorde.

Sein Gesicht nahm einen ersten, strengen, sympathischen Ausdruck an, mit vorsichtigen Fingern tastete er über die Saiten. Das Klavier gab ihm Antwort. Und das Spiel fing an.«

Posdnyschew hielt inne und stieß ein paarmal hintereinander seinen Laut aus, wollte von neuem zu reden beginnen, brachte es jedoch nur zu einem Nasenschnauben und hielt wieder inne.

»Sie spielten Beethovens Kreutzersonate«, fuhr er dann fort. »Kennen Sie das erste Presto? Kennen Sie es? Oh!« schrie er auf. »Oh, oh! Was für ein furchtbares Ding, diese Sonate, und zwar gerade dieser Teil! Und überhaupt die Musik – was für eine entsetzliche Sache! Was tut sie? Und warum tut sie eben das, was sie tut? Es heißt, die Musik erhebe die Seele – Unsinn, Lüge! Sie wirkt überaus stark, gewiß – ich spreche von mir – doch von einer seelischen Erhebung ist bei ihrer Wirkung nicht im geringsten die Rede; sie wirkt auf die Seele weder erhebend noch niederdrückend, sondern erregend. Wie soll ich es Ihnen sagen? Die Musik zwingt mich, mich selbst und das, was meine Wirklichkeit ist, zu vergessen, sie versetzt mich in eine andere Wirklichkeit, die nicht die meine ist; ich habe unter dem Einflusse der Musik den Eindruck, daß ich etwas fühle, was ich im Grunde genommen gar nicht fühle, etwas begreife, was ich nicht begreife, etwas vermag, was ich nicht vermag. Ich erkläre das damit, daß die Musik wie das Gähnen oder das Lachen wirkt: ich bin nicht schläfrig, doch ich gähne, wenn ich andere gähnen sehe; ich habe keinen Grund zum Lachen, doch ich lache, wenn ich andere lachen höre. Die Musik versetzt mich plötzlich, unmittelbar, in jenen seelischen Zustand, in dem sich der Urheber der Musik befunden hat. Unsere Seelen verschmelzen, und ich schwebe mit ihm zusammen aus dem einen Zustande in den andern hinüber. Warum ich das tue, weiß ich freilich nicht. Wer beispielsweise die Kreutzersonate geschrieben hat, Beethoven also – der wußte wohl, warum er sich in einen solchen veränderten Seelenzustand versetzte, er löste gewisse Handlungen bei ihm aus, und daher hatte dieser Zustandswechsel für ihn einen Sinn, für mich jedoch hat er keinen Sinn. So wirkt denn diese Musik zwar erregend, ohne aber zu einem Ergebnis zu führen. Ein Militärmarsch – nun ja, nach dem marschieren die Soldaten, damit hat diese Musik ihren Zweck erfüllt; eine Tanzmelodie – ich tanze danach, das Ergebnis ist da; der kirchliche Meßgesang – ich nehme das Abendmahl, auch hier dient die Musik einem Zweck; bei der bloßen Musik aber läuft alles nur auf die Erregung hinaus, und was in dieser Erregung getan werden soll, bleibt ungetan. Daher wirkt die Musik zuweilen so grausig, so entsetzlich. In China ist die Musik eine Staatsangelegenheit. Und das soll sie auch sein.

Wie kann man zulassen, daß jeder beliebige Mensch seinen Nächsten – oder auch eine ganze Gesellschaft – hypnotisiert, um dann mit ihnen zu machen, was er will? Wie kann man vor allem zulassen, daß jeder beliebige unsittliche Mensch sich so als Hypnotiseur betätige?

Und dieses schreckliche Mittel befindet sich nun in jedermanns Händen. Nehmen wir beispielsweise eben diese Kreutzersonate, das erste Presto – darf man von Rechts wegen dieses Presto im Salon inmitten dekolletierter Damen spielen, die hinterher Beifall klatschen, Gefrorenes essen und über die letzte Skandalgeschichte plaudern? Solche Stücke sollten nur bei gewissen wichtigen, bedeutsamen Gelegenheiten gespielt werden, um gewisse, der Musik entsprechende, wichtige Handlungen auszulösen. Dem Spiel hat die Tat zu folgen, zu der die Musik begeistert hat. Die Erregung einer Gefühlsenergie jedoch, die sozusagen gegenstandslos bleibt und weder der Zeit noch dem Ort entspricht, kann nur verderblich wirken.

Auf mich wenigstens übte dieses Stück eine furchtbare Wirkung aus: es war mir, als ob sich mir neue Gefühlswelten, neue Möglichkeiten eröffneten, von denen ich bisher keine Ahnung gehabt. ›So also soll es sein – keineswegs so, wie ich bisher gedacht und gelebt, sondern so!‹ sprach gleichsam eine Stimme in meiner Seele. Was das Neue war, das ich erkannt hatte, davon vermochte ich mir noch keine Rechenschaft zu geben; doch das Bewußtsein dieses neuen Zustandes war von außerordentlich freudiger Art. Alle die Menschen ringsum, darunter auch meine Frau und er, erschienen mir in völlig neuem Lichte.

Nach diesem Presto spielten sie noch das schöne, aber nicht ungewöhnliche und nicht neue Andante mit den abgeschmackten Variationen und das ganz schwache Finale. Dann spielten sie noch auf Bitten der Gäste eine Elegie von Ernst und verschiedene andere kleine Sachen; alles das war hübsch, doch machte es auf mich nicht den hundertsten Teil des Eindrucks, den die erste Nummer des Programms hervorgebracht hatte. Alles das errang seinen Erfolg schon gleichsam auf dem Hintergrunde des Eindrucks, den das erste Stück hervorgerufen hatte. Ich war den ganzen Abend leicht und heiter gestimmt. Meine Frau hatte ich noch niemals so gesehen, wie sie an jenem Abend war: diese strahlenden Augen, dieser Ernst, dieser bedeutsame Ausdruck während des Spiels, die völlige Hingabe und das reiche, schmachtende, selige Lächeln am Ende des Spiels. Ich sah das alles, doch schrieb ich diese Wirkung derselben Ursache zu, die auch mich in ihren Bann gezogen hatte, und glaubte, daß auch ihr, wie mir, sich, gleichsam aus der Erinnerung wiedererstehend, eine Welt von neuen Gefühlen eröffnet hatte. Der Abend nahm ein gutes Ende, und die Gäste begaben sich nach Hause. Truchatschewskij wußte, daß ich zwei Tage später zur Kreisversammlung fahren mußte.

Beim Abschied sagte er, daß er bei seinem nächsten Besuche in Moskau abermals das Vergnügen des heutigen Abends zu haben hoffe. Aus seinen Worten konnte ich schließen, daß er einen Besuch in meiner Abwesenheit für ausgeschlossen halte, was mir sehr erwünscht war. Da ich bis zu seiner Abreise von der Kreisversammlung nicht zurück sein konnte, sollten wir uns somit vorläufig nicht mehr sehen. Zum erstenmal drückte ich ihm mit aufrichtigem Vergnügen die Hand und dankte ihm für den mir bereiteten Genuß. Auch von meiner Frau nahm er endgültig Abschied, und ihr Abschied erschien mir als durchaus natürlich und jeder Zweideutigkeit bar. Alles war in bester Ordnung. Meine Frau war gleich mir von dem Abend sehr befriedigt.

XXIV

Zwei Tage darauf fuhr ich, nachdem ich in der besten, ruhigsten Stimmung von meiner Frau Abschied genommen, nach der Kreisstadt. Dort gab es stets sehr viel zu tun, ein Leben ganz besonderer Art, eine kleine Welt für sich. Zehn Stunden täglich brachte ich an den beiden Tagen in den verschiedenen Sitzungen zu. Am zweiten Tage brachte man mir in das Amtslokal einen Brief von meiner Frau. Ich las ihn sogleich – sie schrieb von den Kindern, von einem Onkel, von der Kinderfrau, von allerhand Einkäufen und beiläufig, wie von einer ganz alltäglichen Sache, daß Truchatschewskij dagewesen sei und die versprochenen Noten mitgebracht habe, daß er sich erboten habe, noch zu spielen, sie ihm jedoch abgesagt habe. Ich wußte mich nicht zu erinnern, daß er versprochen hätte, uns Noten zu bringen; ich hatte den Eindruck, daß er damals für die Dauer Abschied genommen hatte, und darum berührte mich die Sache eigentümlich. Ich hatte jedoch so viel zu tun, daß ich nicht lange nachdenken konnte, und erst am Abend, in meinem Quartier, las ich den Brief zum zweitenmal mit Aufmerksamkeit durch. Abgesehen davon, daß Truchatschewskij nochmals in meiner Abwesenheit einen Besuch gemacht hatte, erschien mir der ganze Ton des Briefes unverständlich. Das wilde Tier der Eifersucht begann in seinem Käfig zu toben und wollte herausspringen, doch ich hatte Angst vor diesem Tier und sperrte es schleunigst ein. ›Was für ein abscheuliches Gefühl, diese Eifersucht,‹ sagte ich mir, ›und was kann natürlicher sein als das, was sie da schreibt!‹ Und ich legte mich zu Bett und begann über die Amtsgeschäfte nachzudenken, die für morgen vorlagen. Ich hatte immer einen schlechten Schlaf, wenn ich solch eine Sitzung an einem fremden Orte mitzumachen hatte, diesmal jedoch schlief ich sehr bald ein. Da – Sie wissen, wie das so zu sein pflegt: plötzlich geht's wie ein elektrischer Schlag durch den ganzen Menschen, und man erwacht. So erwachte auch ich, mit dem Gedanken an sie, an meine sinnliche Liebe zu ihr, an Truchatschewskij und daran, daß sie beide einig wären. Wut und Entsetzen preßten mir das Herz zusammen. Ich suchte jedoch Vernunft anzunehmen. ›Wie töricht‹, sagte ich mir, ›es liegt doch gar kein Grund vor, gar nichts ist da und gar nichts ist gewesen. Wie kann ich überhaupt sie und mich selbst so tief erniedrigen, indem ich so schreckliche Vermutungen zulasse! Ein hergelaufener Geiger, eine Art Mietling, der allgemein als ein Mensch von schlechten Sitten gilt, und eine geachtete und geschätzte Frau, eine Familienmutter, *meine* Gattin! Was für ein Unsinn! sagte ich mir auf der einen Seite. ›Und doch – warum sollte es nicht sein?‹ klang es mir von der anderen Seite ins Ohr. ›Warum sollte nicht dasselbe einfache, leicht begreifliche Prinzip, auf Grund dessen ich sie geheiratet und mit ihr zusammengelebt habe, auch hier wirksam gewesen sein? Was ich einzig und allein bei ihr suchte – warum sollten das nicht auch andere, wie zum Beispiel dieser Musikant, bei ihr suchen? Er ist unverheiratet, ist gesund – ich erinnere mich, wie er knirschend in sein Kotelett einhieb und mit den roten Lippen gierig das Weinglas umfing – er ist wohlgenährt, von glatten Manieren und keineswegs ohne Grundsätze, sondern dem *einen* Grundsatze ergeben: jeden Genuß, der sich ihm darbietet, auszukosten. Das Band, das sie verknüpfte, war die Musik, die raffinierteste Gefühlsvermittlerin. Was sollte ihn zurückhalten? Nichts. Alles muß ihn im Gegenteil zu ihr hinziehen. Und sie? Wer ist sie? Sie war stets ein Rätsel und ist es geblieben. Ich kenne sie nicht. Ich kenne sie nur als Tier. Und für ein Tier gibt es keine Hemmung, darf es keine Hemmung geben.‹ Nun erst erinnerte ich mich ihrer Gesichter an jenem Abend, als sie nach der Kreutzersonate irgendeine leidenschaftliche kleine Sache, ich weiß nicht von wem, spielten, ein Stück von geradezu gemeiner Sinnlichkeit. ›Wie konnte ich nur abreisen?‹ sagte ich mir, als ich mich ihrer Gesichter erinnerte; war es nicht klar, daß an jenem Abend bereits alles zwischen ihnen abgemacht war, und war es nicht zu sehen, daß es schon an jenem Abend nicht nur zwischen ihnen keine Scheidewand mehr gab, sondern daß sie beide, vor allem sie, nach dem, was zwischen ihnen geschehen, ein gewisses Schamgefühl empfanden? Ich erinnerte mich, wie sie sanft, selig und schmachtend lächelte und sich den Schweiß von dem geröteten Gesichte wischte, als ich an das Klavier herantrat. Schon da vermieden sie es, einander anzusehen, und erst beim Abendessen, als er ihr Wasser eingoß, sahen sie einander mit kaum merklichem Lächeln an. Mit Entsetzen erinnerte ich mich jetzt ihres Blickes mit dem kaum merklichen Lächeln. ›Ja, alles ist zu Ende‹, sagte mir eine Stimme, doch sogleich widersprach eine andere Stimme: ›Nicht doch, was fällt dir ein? Das kann ja nicht sein‹, sagte diese zweite Stimme. Es schauerte mich, so im Dunkeln dazuliegen, ich zündete ein Licht an, und es wurde mir seltsam bang zumute in dem kleinen Zimmer mit den gelben Tapeten. Ich zündete mir eine Zigarette an und rauchte, wie man immer zu tun pflegt, wenn man sich in einem Kreise unlöslicher Widersprüche bewegt, rauchte eine Zigarette nach der andern, um mich zu betäuben und die Widersprüche nicht zu sehen. Die ganze Nacht konnte ich nicht einschlafen und um fünf Uhr, nachdem ich zu dem Entschlusse gekommen, daß ich nicht länger in diesem Zustande nervöser Spannung bleiben könne, erhob ich mich, weckte den Kellner, der mich bediente, und schickte ihn nach einem Wagen, da ich sogleich abfahren müsse. In die Kreisversammlung sandte ich eine Zuschrift, ich wäre in einer eiligen Sache nach Moskau berufen und bäte um Vertretung. Um acht Uhr war ich bereits in meinem Reisewagen unterwegs.«

XXV

Der Schaffner kam in unsern Wagen, und als er bemerkte, daß unser Licht fast heruntergebrannt war, löschte er es aus, ohne ein neues anzuzünden. Draußen dämmerte es bereits. Während der Anwesenheit des Schaffners schwieg Posdnyschew und seufzte nur schwer. Erst als jener gegangen war, und man in dem halbdunklen Kupee nur das Klirren der Fensterscheiben und das gleichmäßige Schnarchen des Handlungsgehilfen vernahm, setzte Posdnyschew seine Erzählung fort. Im Zwielicht des Morgengrauens konnte ich Posdnyschew gar nicht mehr sehen. Ich vernahm nur seine Stimme, aus der mehr und mehr Leid und Erregung hervorklangen.

»Ich hatte 35 Werst zu Wagen und 8 Stunden mit der Bahn zu fahren. Die Wagenfahrt war wundervoll. Es war ein sonniger Herbsttag mit leichtem Frost – so die Zeit, wissen Sie, wo die Radschienen sich im halbharten Straßenschmutz abdrücken. Die Wege waren glatt, das Licht grell und die Luft erfrischend. Die Fahrt im Reisewagen war wirklich ein Genuß. Als es hell geworden war und ich so dahinfuhr, wurde mir leichter ums Herz. Ich sah die Pferde, die Felder, die Leute, die des Weges daher kamen, und vergaß, wohin ich fuhr.

Zuweilen schien es mir, daß ich einfach nur so fuhr, daß nichts von alledem, was meinen Geist beschäftigte, in Wirklichkeit existierte. Dieses Selbstvergessen stimmte mein Gemüt ganz besonders freudig. Wenn ich mich dann erinnerte, wohin ich fuhr, sprach ich zu mir selbst: ›Du wirst schon weitersehen, denk nicht darüber nach.‹ Unterwegs hatte ich überdies ein kleines Erlebnis, das mich stark aufhielt und zugleich zerstreute: die Wagenachse zerbrach und mußte ausgebessert werden. Der Achsenbruch war insofern von Bedeutung, als ich nicht um fünf Uhr, wie ich gedacht, sondern erst um zwölf Uhr in Moskau und um ein Uhr in meiner Wohnung sein konnte, da ich den Kurierzug verpaßte und den Personenzug benutzen mußte. Die Wagenfahrt mit Hindernissen, die Reparatur, die Abrechnung in der Herberge, die Unterhaltung mit den Herbergsleuten – alles das gab mannigfache Zerstreuung. Als die Dämmerung hereinbrach, war alles fertig und ich fuhr weiter. Die Abendfahrt war noch schöner als die Fahrt am Tage. Es war Neumond und der Weg ausgezeichnet; der leichte Frost, die Pferde, der muntere Kutscher – alles war dazu angetan, meine Stimmung zu heben und mich vergessen zu machen, was mich erwartete, oder vielleicht auch mich diese Stimmung auskosten zu lassen, weil ich wußte, was mich erwartete, und daß es sich nun um den Abschied von den Freuden des Lebens handelte. Doch diese ruhige Gemütsverfassung samt der Möglichkeit, meine Gefühle zu bezwingen, fand mit der Wagenfahrt ein Ende. Sobald ich im Zuge saß, nahm alles sogleich ein verändertes Aussehen an. Diese achtstündige Bahnfahrt war für mich etwas Entsetzliches, was ich mein Lebtag nicht vergessen werde. Ob ich mir vielleicht im Zuge lebhafter vorstellte, ich sei bereits zu Hause angekommen, oder ob die Eisenbahnfahrt überhaupt so aufregend auf die Menschen wirkt, jedenfalls war ich von dem Augenblick an, da ich im Zuge saß, nicht mehr Herr meiner Einbildungskraft. Sie begann mir ununterbrochen, mit auffallender Grellheit ganze Reihen von Szenen vorzugaukeln, die meine Eifersucht schürten, Serien von Bildern, eines immer zynischer als das andere, sie alle schilderten den Verrat, den sie dort in meiner Abwesenheit an mir beging. Ich verzehrte mich vor Unwillen, Zorn und einer besonderen Art Lustgefühl angesichts meiner Demütigung bei der Vertiefung in jene Szenen, von denen ich mich nicht losreißen, nicht befreien, und die ich nicht hervorzaubern konnte. Ja noch mehr: je tiefer ich mich in diese Phantasieszenen versenkte, desto mehr glaubte ich an ihre Wirklichkeit. Die grelle Deutlichkeit, in der ich die Szenen sah, dienten mir gleichsam zum Beweise, daß das, was ich sah, der Wirklichkeit entsprach. Irgendein Teufel ersann da gleichsam wider meinen Willen die scheußlichsten Bilder und schob sie meiner Vorstellung unter.

Eine frühere Unterhaltung mit einem Bruder Truchatschewskijs fiel mir ein, und mit wahrer Begeisterung zerriß ich mein Herz in der Erinnerung an jene Unterhaltung, indem ich diese auf Truchatschewskijs Beziehungen zu meiner Gattin übertrug. Es war schon lange her, aber ich hatte mir die Sache wohl gemerkt. Auf meine Frage, ob er öffentliche Häuser besuche, hatte Truchatschewskijs Bruder mir erwidert, daß ein ordentlicher Mensch dies nicht tue, da er dort leicht krank werden könne und Schmutz und Ekel mit in den Kauf nehmen müsse, während er stets eine anständige Frau als Geliebte finden könne. Nun hatte sein Bruder – meine Frau gefunden. Sie stand allerdings nicht mehr in der ersten Jugendblüte, ein Seitenzahn fehlte ihr schon, und die Statur war ein bißchen zu rund, aber schließlich – was blieb einem übrig? Man muß nehmen, was man findet. Es ist am Ende noch ganz schmeichelhaft für sie, daß er ihr die Ehre antut, sie zu seiner Geliebten zu wählen; jedenfalls war sie ungefährlich für seine kostbare Gesundheit. Nein, das ist unmöglich, sprach ich voll Entsetzen zu mir selbst. Es kann, es kann einfach nichts Derartiges geben! Es liegt auch nicht der geringste Anlaß vor, etwas Derartiges anzunehmen. Sagte sie mir nicht, der Gedanke, ich könnte ihretwegen auf den andern eifersüchtig sein, habe für sie etwas Demütigendes? ›Ja, aber sie lügt in einem fort, lügt in einem fort‹, schrie es in mir auf, und die Aufregung begann von neuem. Außer mir waren nur noch zwei Reisende im Wagen, eine alte Frau mit ihrem Gatten, ein mürrisches Paar, das auf einer der nächsten Stationen ausstieg, so daß ich ganz allein im Kupee blieb. Ich saß wie ein wildes Tier im Käfig; bald sprang ich auf, um ans Fenster zu treten, bald begann ich schwankend auf und ab zu gehen, als wollte ich den Waggon zur Eile antreiben – der aber rüttelte und zitterte mit seinen Bänken und Fenstern ganz so wie unserer hier.«

Posdnyschew sprang auf und machte ein paar Schritte, um sich dann wieder zu setzen.

»Ach, diese Eisenbahnwagen!« fuhr er auf – »ich fürchte mich förmlich vor ihnen. Ein Grauen überfällt mich, wenn ich darin sitze.

Ich sagte mir: ich will an etwas anderes denken – vielleicht an den Herbergswirt, bei dem ich Tee getrunken hatte. Die Gestalt des langbärtigen Herbergsknechtes und seines Enkels, der in gleichem Alter mit meinem Wassja stehen mochte, tauchte vor mir auf. Mein Wassja! Er muß es nun mit ansehen, wie der Musikant seine Mutter küßt. Was muß in seiner armen Seele vorgehen? Doch was fragt sie danach? Sie liebt ... Und wieder bäumt sich alles in mir auf. Nein, nein! Ich will lieber an die Besichtigung des Krankenhauses in der Kreisstadt denken – wie der eine Patient sich gestern über den Arzt beklagte, – den Arzt, der den Schnurrbart so trägt wie Truchatschewskij.

Wie frech er doch log, als er sagte, daß er von Moskau abreise – überhaupt, wie frech sie mich beide betrogen! Und wieder begann es von vorn. Alles, woran ich nur dachte, hing mit ihm zusammen. Ich litt ganz entsetzlich. Das Schlimmste war, daß ich nicht wußte, woran ich mich halten sollte, daß Zweifel und Ungewißheit, ob ich sie lieben oder hassen sollte, mir die Seele zerrissen. Ich litt so furchtbar, daß mir sogar der Gedanke kam, aus dem Zuge zu springen, mich auf die Schienen zu legen und allem ein Ende zu machen. Dann gab es wenigstens keine Zweifel mehr für mich. Das einzige, was mich abhielt es zu tun, war das Mitleid mit mir selbst, das sogleich wieder durch den Haß, den ich ihr gegenüber empfand, abgelöst wurde. *Ihm* gegenüber empfand ich ein eigenartiges Gefühl des Neides, ein Bewußtsein meiner Unterlegenheit und seines Sieges, für sie aber hatte ich nichts als einen grenzenlosen Haß. Es geht nicht an, daß ich mit mir ein Ende mache und sie am Leben lasse; sie soll leiden, wenigstens so viel, daß sie begreift, wie furchtbar ich gelitten habe, sagte ich mir. Auf allen Stationen stieg ich aus, um mich zu zerstreuen. Auf einer Station sah ich am Büfett, daß die Leute tranken, und alsbald trank auch ich ein Glas Branntwein. Neben mir stand ein Jude, der gleichfalls trank. Er redete mich an, und um nicht allein in meinem Wagen zu bleiben, stieg ich mit ihm in seinen schmutzigen, verräucherten Wagen dritter Klasse ein, dessen Fußboden ganz von den Schalen zerkauter Sonnenblumenkerne bedeckt war. Dort nahm ich neben ihm Platz, und er begann allerhand Anekdoten zu erzählen. Ich hörte zu, verstand jedoch nicht, was er sagte, da ich in Gedanken stets bei meinen eignen Angelegenheiten verweilte. Er bemerkte das und verlangte von mir mehr Aufmerksamkeit, worauf ich mich erhob und wieder in meinen Wagen zurückging. Ich muß es doch einmal gründlich überlegen, sagte ich mir, ob ich mit meinen Gedanken auch wirklich auf dem richtigen Wege bin und überhaupt einen Grund habe, mich so zu quälen. Ich setzte mich, um ruhig nachzudenken, alsbald jedoch begann statt des ruhigen Nachdenkens wieder die alte Litanei: statt klarer Gedanken – wüste Szenen und Vorstellungen.

›Wie oft habe ich mir schon diese Qualen bereitet‹, sagte ich mir und dachte dabei an die vielen früheren Eifersuchtsanfälle – und schließlich kam nichts dabei heraus. So werde ich sie vielleicht, ja sogar bestimmt, ruhig schlafend antreffen: sie wird erwachen, wird sich freuen, daß ich da bin, und an ihren Worten und ihrem Blicke werde ich fühlen, daß nichts vorgefallen ist und alle meine Vermutungen töricht waren. Oh, wie herrlich wäre das! Doch nein, das ist zu oft gewesen, es kann nicht noch einmal sein, sagte mir irgendeine Stimme, und wieder begann es von neuem. Das ist die wahre Höllenqual!

Nicht in ein Syphilishospital würde ich einen jungen Menschen führen, um ihm die Lust am Weibe zu benehmen, sondern in meine eigne Seele in ihrem damaligen Zustande, damit er die Teufel sähe, die sie zerfleischt haben. Empörend war es schon, daß ich mir ein zweifelloses Recht auf ihren Körper anmaßte, als ob es *mein* Körper wäre, während ich auf der andern Seite fühlte, daß mir ein Eigentum an diesem Körper durchaus nicht zustand, daß er keineswegs mir gehörte, daß sie darüber verfügen dürfe, wie sie will, und wenn sie darüber nicht so verfügt, wie ich es will, so darf ich eben weder ihm noch ihr etwas antun. Er singt, wie Hans der Schließer unterm Galgen, sein Lied – wie er sie auf den süßen Mund geküßt usw., und er hat gewonnenes Spiel. Und gegen sie kann ich noch weniger ausrichten. Wenn sie noch nichts getan hat, aber die böse Absicht hegt, und ich weiß, daß dies der Fall ist: um so schlimmer; dann wäre es schon besser, sie hätte es wirklich getan und ich wüßte es, damit endlich die Ungewißheit aufhöre. Ich hätte nicht sagen können, was ich eigentlich wünschte. Ich wünschte, sie möchte das nicht wollen, was sie ihrerseits wiederum wollen mußte. Es war schon der reine Wahnsinn.

XXVI

Auf der vorletzten Station, als der Schaffner hereinkam, um die Fahrkarten abzunehmen, suchte ich meine Sachen zusammen und trat auf die Plattform hinaus. Das Bewußtsein der bevorstehenden Entscheidung hatte meine Aufregung immer mehr gesteigert. Ich fror, und meine Kiefer bebten so heftig, daß die Zähne aneinanderschlugen. Mechanisch verließ ich mit der Menge das Stationsgebäude, nahm eine Droschke, stieg ein und fuhr heim. Unterwegs beobachtete ich die wenigen Fußgänger und die Hausknechte, die Schatten, die die Straßenlaternen und die Laternen meiner Droschke bald vorn, bald hinten warfen, und dachte an nichts weiter. Als ich eine halbe Werst gefahren war, wurde mir kalt in den Füßen, und es fiel mir ein, daß ich meine Wollstrümpfe im Zuge ausgezogen und in die Reisetasche gelegt hatte. Wo war die Tasche? Hatte ich sie bei mir? Ja, da ist sie; aber wo ist der Korb? Ich sah, daß ich mein Gepäck ganz und gar vergessen hatte; ich holte den Gepäckschein hervor, überlegte einen Augenblick, und nachdem ich zu dem Entschluß gekommen, daß es sich nicht verlohne, deshalb zurückzufahren, fuhr ich weiter. So sehr ich mir jetzt auch Mühe gebe, mir meinen damaligen Zustand, was ich dachte, was ich wollte, ins Gedächtnis zu rufen – es will mir nicht gelingen. Ich erinnere mich nur, daß ich das Bewußtsein hatte, irgendeinem furchtbaren, ungemein wichtigen Ereignisse meines Lebens gegenüberzustehen. Ob dieses Ereignis eintrat, weil ich so und so dachte, oder das und das wollte, weiß ich nicht. Vielleicht ist nach dem, was nun geschah, auf all die vorhergehenden Minuten in meiner Erinnerung ein trübender Schatten gefallen.

Ich fuhr an meinem Hause vor. Es war in der ersten Stunde nach Mitternacht, es schlug eben ein Uhr. Ein paar Droschken hielten vor dem Hause; sie sahen an der Hausfront erleuchtete Fenster – es waren die Fenster des Saales und des Empfangszimmers unserer Wohnung und sie rechneten auf Fahrgäste. Ohne mir lange Rechenschaft davon abzulegen, warum unsere Fenster noch so spät erleuchtet sind, stieg ich in dem gleichen Zustande der Erwartung irgendeines schrecklichen Ereignisses die Treppe hinan und klingelte.

Der Diener, der gutmütige, fleißige und sehr beschränkte Jegor, öffnete. Das erste, was mir im Vorzimmer in die Augen fiel, war – sein

Mantel, der neben anderen Garderobenstücken am Riegel hing. Ich hätte mich eigentlich wundern sollen, wunderte mich jedoch nicht, da ich es ja erwartet hatte. ›Es stimmt also‹, sagte ich mir im stillen, nachdem ich Jegor gefragt hatte, wer da sei und er mir Truchatschewskij genannt hatte. Ich fragte, ob noch sonst jemand da sei. Er antwortete: ›Nein, niemand.‹ Ich erinnere mich, daß er mir in einem Tone antwortete, als wollte er mir eine Freude machen und meine Zweifel zerstreuen, daß vielleicht doch noch jemand da sein könnte. ›So, so‹, sprach ich gleichsam zu mir selbst. ›Und die Kinder?‹ – ›Sind, Gott sei Dank, gesund. Sie schlafen schon lange.‹

Ich konnte weder Atem schöpfen noch die bebenden Kiefer zum Stillstand bringen. Es war also nicht so, wie ich es gedacht hatte: daß ich erst ein Unglück befürchten, es sich aber dann herausstellen würde, daß alles in Ordnung, alles beim alten sei. Nun war aber doch nicht alles beim alten, und alles das, was ich in meiner Phantasie gesehen und für bloße Einbildung gehalten – alles das war Wirklichkeit, leibhaftige Wirklichkeit.

Ich wollte schon in Schluchzen ausbrechen, aber der Teufel flüsterte mir flugs ins Ohr: ›Immer flenne du und gib dich deiner weinerlichen Stimmung hin und sie werden inzwischen in aller Ruhe auseinandergehen, du wirst keine Beweise in der Hand haben und wirst dein Leben lang zweifeln und Qualen leiden.‹ Und sogleich entschwand jede Spur von weichem Mitleid mit mir selbst, und an seine Stelle trat – Sie werden es nicht glauben – ein seltsames Gefühl, nämlich die Freude, daß meine Qual nun ein Ende finden, daß ich *sie* nun strafen, mich von ihr befreien und meiner Wut freien Lauf lassen würde.

Und ich ließ meiner Wut freien Lauf und wurde zum reißenden Tier. ›Nicht doch, nicht doch‹, sagte ich zu Jegor, der ins Gastzimmer gehen wollte –, ›kümmre dich um nichts weiter, sondern nimm rasch eine Droschke, und hier hast du meinen Gepäckschein, hol' rasch meine Sachen von der Bahn ab. Beeil' dich!‹ Er ging durch den Korridor, um seinen Paletot zu holen. Ich fürchtete, daß er sie aufscheuchen könnte, begleitete ihn nach seiner Kammer und wartete, bis er sich angezogen hatte. Vom Gastzimmer her vernahm man durch einen Zwischenraum ihr Gespräch und das Klirren von Messern und Tellern. Sie aßen und hatten mein Klingeln überhört. ›Daß sie nur jetzt nicht herauskommen!‹ dachte ich. Jegor hatte seinen Paletot angezogen und ging hinaus. Ich ließ ihn hinaus und schloß die Tür hinter ihm; ein unheimliches Gefühl überkam mich, als ich mich allein wußte und mir sagte, daß ich nun sogleich handeln müsse. Wie? – wußte ich noch nicht. Ich wußte nur, daß nun alles zu Ende sei, daß es einen Zweifel an ihrer Schuld nicht geben könne, und daß ich sie nun sogleich bestrafen und meinen Beziehungen zu ihr ein Ende machen würde. Bisher hatte ich immer noch geschwankt und hatte mir gesagt: ›Vielleicht ist alles nicht wahr, vielleicht ist alles doch nur Täuschung.‹ Jetzt war jede Möglichkeit dieser Art ausgeschlossen. Alles war für immer entschieden. Da saß sie nun mit ihm mitten in der Nacht, während sie mich abwesend glaubte. Das hieß wirklich schon alle Scham vergessen! Oder noch schlimmer: vielleicht sollte diese offene Frechheit, diese Kühnheit des Verbrechens gar als Beweis ihrer Unschuld gelten. Jedenfalls war alles klar und jeder Zweifel ausgeschlossen. Ich fürchtete jetzt nur, daß sie sich trennen, daß sie einen neuen Betrug ersinnen und mich um den augenscheinlichen Beweis und die Möglichkeit der Überführung bringen könnten.

Um sie möglichst sicher zu ertappen, schlich ich mich auf den Zehenspitzen näher zum Speisesaal, in dem sie saßen, nicht durch das Empfangszimmer, sondern durch den Korridor und die Kinderzimmer. Im ersten Kinderzimmer schliefen die Knaben. Als ich ins zweite Zimmer trat, bewegte sich die Kinderfrau, als wollte sie erwachen. Ich stellte mir vor, was sie denken würde, wenn sie alles erführe, und ein solches Mitleid mit mir selbst ergriff mich bei diesem Gedanken, daß mir die Tränen in die Augen traten. Um die Kinder nicht zu wecken, schlich ich auf den Fußspitzen wieder in den Korridor zurück und begab mich in mein Kabinett, wo ich mich auf den Diwan warf und zu schluchzen begann.

Ich, ein ehrenhafter Mensch, der Sohn meiner Eltern, der ich mein Leben lang von einem reinen Familienleben geträumt hatte, ich, ein Mann, der seiner Frau nie untreu geworden war, stand vor diesem furchtbaren Bilde!

Hier schliefen unsere fünf Kinder, und dort umarmte *sie* einen Musikanten, nur weil er rote Lippen hatte. Nein, das war kein Mensch, das war eine Hündin, eine räudige Hündin ... Neben dem Zimmer der Kinder, denen sie ihr Leben lang Liebe vorgeheuchelt hatte! Und mir einen solchen Brief zu schreiben! Und sich dann dem ersten besten so frech an den Hals zu werfen! Ach, was weiß ich überhaupt! Vielleicht ist es immer so gewesen. Vielleicht stammen alle diese Kinder, die als die meinigen gelten, von meinen Lakaien. Und morgen wäre ich heimgekehrt und sie wäre mir entgegengekommen mit ihrer Frisur, ihrer Taille, ihren lässigen, graziösen Bewegungen – die ganze reizvolle, verhaßte Gestalt sah ich vor mir aufsteigen – und dieses reißende Tier der Eifersucht würde sich für immer in meinem Herzen eingenistet und meine Seele zermürbt haben. Die Kinderfrau ... und Jegor ... was werden die denken? Und die arme Lisotschka? Sie hatte schon einiges Verständnis für die Dinge ringsum. Und diese Frechheit! Diese Lüge! Diese tierische Sinnlichkeit, die mir so wohl bekannt ist, sagte ich mir.

Ich wollte mich erheben, vermochte es jedoch nicht. Mein Herz schlug so heftig, daß ich mich nicht auf den Beinen halten konnte. Ja, ein Schlaganfall wird mich töten. Sie ist mein Tod. Das würde ihr so recht sein! Doch nein, das hieße doch, es ihr zu bequem machen. Dieses Vergnügen will ich ihr nicht bereiten ... Hier sitze ich nun – und sie schmausen und lachen dort, und? ... Warum habe ich sie damals nicht erwürgt, sagte ich mir, als ich sie vor acht Tagen aus meinem Kabinett warf und ihr die Sachen nachschleuderte? Ich vergegenwärtigte mir lebhaft den Zustand, in dem ich mich damals befunden; und nicht nur das – ich fühlte auch dasselbe Bedürfnis, zuzuschlagen und zu zerstören, das ich damals empfunden hatte. Ich erinnere mich, wie ich auf einmal den Drang verspürte zu handeln, wie alle Vorstellungen außer jenen, die diesem Drange dienten, in meinem Hirn zurückwichen und ich in den Zustand eines reißenden Tieres verfiel oder eines Menschen, der unter dem Einflusse physischer Erregung steht, im Augenblick der Gefahr etwa, wenn er folgerichtig und ohne Übereilung handelt, doch auch ohne einen Augenblick zu verlieren, alles im Hinblick auf ein bestimmtes Ziel.

XXVII

Das erste, was ich tat, war, daß ich die Stiefel auszog und in bloßen Strümpfen zu der Wand über dem Diwan hintrat, wo meine Schußwaffen und Dolche hingen. Ich nahm einen noch nie gebrauchten, sehr scharfen Damaszenerdolch von der Wand und zog ihn aus der Scheide, die, wie ich mich erinnere, hinter den Diwan fiel. ›Später will ich sie dort hervorholen,‹ sagte ich mir noch, ›sonst geht sie verloren.‹ Dann zog ich den Paletot aus, den ich die ganze Zeit über angehabt hatte, und ging, leise auftretend, in bloßen Strümpfen nach dem Salon zu. Als ich mich sacht herangeschlichen hatte, öffnete ich plötzlich die Tür.

Ich sehe noch den Ausdruck ihrer Gesichter. Ich erinnere mich dieses Ausdrucks deshalb, weil er mir eine qualvolle Wonne bereitete. Es war der Ausdruck des Entsetzens. Das war es, was ich brauchte. Niemals werde ich den Ausdruck verzweifelten Entsetzens vergessen, der im ersten Augenblick auf den Gesichtern der beiden hervortrat, als sie mich erblickten. Er saß, glaube ich, am Tische, sobald er mich jedoch sah oder hörte, sprang er auf und blieb mit dem Rücken gegen das Büfett stehen. In seinen Zügen malte sich einzig und unverhohlen der Ausdruck des Entsetzens. In ihrem Gesichte lag derselbe Ausdruck, doch war noch ein zweiter ihm beigemengt. Wäre nur der Ausdruck des Entsetzens darauf zu lesen gewesen, dann wäre vielleicht das nicht geschehen, was schließlich geschehen ist, doch prägte sich in ihrem Gesichte, wie mir wenigstens schien, im ersten Augenblick noch der Unwille und die Empörung darüber aus, daß man ihren Liebesrausch und ihr Glück an seiner Seite zu stören wage. Sie hatte jetzt sozusagen kein anderes Bedürfnis, als daß man sie in ihrem Glück nicht störe. Doch der Ausdruck ihrer Gesichter blieb nur einen Augenblick unverändert. Der Ausdruck des Entsetzens in seinem Gesichte wechselte sogleich mit dem fragenden Ausdruck: ›Kann ich leugnen oder nicht? Wenn Leugnen noch einen Zweck hat, dann heißt es sofort beginnen. Sonst heißt es die Sache *anders* anfangen. Doch *wie?*‹ Und er sah sie fragend an. Der Ausdruck des Unwillens und der Empörung in ihrem Gesichte schien mir gewichen zu sein, nachdem sie ihm einen besorgten Blick zugeworfen hatte. Ich war, den Dolch im Rücken haltend, einen Augenblick in der Tür stehengeblieben. In diesem Moment lächelte *er* und begann in einem bis zur Lächerlichkeit gleichgültigen Tone: ›Wir hatten gerade musiziert...‹ – ›Ich hatte nicht erwartet...‹, bemerkte sie, sich seinem Tone anpassend. Keiner von beiden sprach seinen Satz zu Ende.

Dieselbe Wut, die mich damals, vor einer Woche, überkam, bemächtigte sich meiner auch jetzt. Wiederum empfand ich diesen

Drang des Zerstörens, des gewaltsamen Austobens, der Freude an der Raserei und gab mich ihr hin.

Keiner von beiden hatte seinen Satz beendet. Es begann nun jenes *andere*, das er fürchtete und das ihre Worte mit einemmal gegenstandslos machte. Ich stürzte mich auf sie, immer noch den Dolch verbergend, damit er mir nicht in den Arm fiele, wenn ich nach der Stelle stechen würde, die ich von Anfang an zum Angriff ausgewählt hatte – nämlich nach ihrer linken Brust unterhalb der Rippen. Im Augenblick, da ich mich auf sie stürzte, sah er, was ich vorhatte, faßte, was ich nie von ihm erwartet hätte, nach meiner Hand und schrie: ›Kommen Sie zu sich! Was haben Sie vor? Zu Hilfe!‹

Ich entriß ihm meine Hand und stürzte mich schweigend auf ihn. Seine Blicke kreuzten sich mit meinen. Er wurde plötzlich bleich wie ein Linnen, die Augen glänzten ganz seltsam, und er schlüpfte, was ich gleichfalls nicht erwartet hätte, unter dem Flügel hindurch zur Tür hinaus. Ich stürzte ihm nach, verspürte jedoch eine schwere Last an meinem linken Arm. Es war meine Gattin. Ich wollte mich losreißen, sie hängte sich jedoch noch schwerer an mich und ließ mich nicht los. Das unerwartete Hindernis, ihr Gewicht und ihre mir widerwärtige Berührung erregten mich noch mehr. Ich fühlte, daß ich ganz toll war vor Raserei und furchtbar aussehen mußte, und ich freute mich darüber. Ich holte aus voller Kraft mit dem linken Arme aus und versetzte ihr mit dem Ellbogen einen Stoß mitten ins Gesicht. Sie schrie auf und ließ meinen Arm los. Ich wollte ihm nacheilen, sagte mir jedoch, daß es lächerlich sein würde, dem Liebhaber seiner Frau in Strümpfen nachzulaufen, und ich wollte nicht lächerlich, sondern furchtbar sein. In all meiner Wut dachte ich die ganze Zeit über doch auch daran, welchen Eindruck ich auf die anderen machte, und dieser Eindruck war zum Teil sogar bestimmend für mein Handeln. Ich wandte mich nach ihr um. Sie war auf das Sofa gefallen, hielt die Hand vor die Augen, in die mein Stoß sie getroffen, und sah mich an. In ihrem Gesicht waren Angst und Haß gegen mich, ihren Feind, zu lesen – derselbe Haß, der aus den Augen der Ratte spricht, wenn man die Falle emporhebt, in die sie geraten ist. Ich konnte wenigstens nichts anderes an ihr wahrnehmen, als Angst und Haß gegen mich, den die Liebe zu dem anderen in ihr hervorrief. Aber ich hätte mich vielleicht noch bezwungen und meine Tat nicht vollbracht, wenn sie geschwiegen hätte. Doch sie begann plötzlich zu sprechen und nach meiner Hand, die den Dolch hielt, zu fassen. ›Komm doch zur Besinnung! Was tust du denn? Was ist mit dir? Nichts ist geschehen, nichts, nichts! Ich schwöre es dir!‹

Ich hätte noch gezögert, aber diese ihre letzten Worte, aus denen ich auf das Gegenteil schloß – nämlich, daß *alles* geschehen sei, forderten eine Antwort heraus. Und die Antwort mußte der Seelenstimmung entsprechen, in die ich mich versetzt hatte, und die sich in einem ständigen crescendo befand. Auch die Wut hat ihr Gesetz. – ›Lüge nicht, Elende!‹ rief ich und faßte mit der Linken nach ihrer Hand, die sie mir jedoch entriß. Da packte ich sie, ohne den Dolch loszulassen, mit der linken Hand an der Kehle, warf sie hinten über und begann sie zu würgen. Was für einen feisten Hals hatte sie doch! Sie faßte mit beiden Händen nach meinen Händen, suchte ihren Hals zu befreien, und als wenn ich das erwartet hätte, stach ich sie aus aller Macht mit dem Dolche unterhalb der Rippen in die linke Seite...

Wenn die Leute behaupten, daß sie in einem Wutanfall nicht wissen, was sie tun, so ist das unsinnig und unwahr. Ich wußte alles, nicht für einen Augenblick verlor ich das klare Bewußtsein. Je stärker ich selbst in mir meine Wut anfachte, desto greller leuchtete das Licht des Bewußtseins in mir auf, das mich alles das deutlich sehen ließ, was ich tat. Ich kann nicht sagen, daß ich alles voraus wußte, was ich tun würde, in dem Augenblick jedoch, da ich handelte, ja vielleicht noch ganz kurz vorher, wußte ich, was ich tun würde, und hatte gar noch, im Falle des Bereuens, die Möglichkeit, einzuhalten. Ich wußte, daß ich sie unterhalb der Rippen treffen und daß der Dolch dort eindringen würde. Im Augenblick, da ich es tat, wußte ich, daß ich etwas Entsetzliches tue, etwas, das ich noch nie getan und das noch furchtbarere Folgen haben würde. Aber dieses Bewußtsein fuhr nur wie ein Blitz durch mein Hirn, und diesem Blitz folgte sogleich die Tat. Die Tat selbst spiegelte sich im Bewußtsein mit ungewohnter Grellheit. Ich spürte den jähen Widerstand des Korsetts und noch irgendeines Gegenstandes, hörte irgendeinen Laut und fühlte dann das Eindringen der Klinge ins Weiche. Sie griff mit den Händen nach dem Dolche, schnitt sich dabei und ließ los. Ich habe später im Gefängnis, nachdem die sittliche Wandlung sich in mir vollzogen hatte, lange über diesen Augenblick nachgedacht und mir davon ins Gedächtnis zurückzurufen versucht, was ich nur irgend konnte. Ich erinnere mich eines Augenblicks, nur eben *eines* Augenblicks, der der Tat vorausging, in dem ich das furchtbare Bewußtsein hatte, eine Frau, meine Gattin, getötet zu haben. Das Entsetzen dieses Bewußtseins ist mir noch im Gedächtnis, und ich nehme an und entsinne mich sogar dunkel, daß, nachdem ich ihr den Dolch in die Brust gestoßen, ich ihn sogleich wieder herauszog in dem Wunsche, das Geschehene wieder gutzumachen und einzuhalten.

Eine Sekunde lang stand ich unbeweglich in der Erwartung, was wohl geschehen würde: ob es wohl möglich sei, hier noch etwas gutzumachen. Sie sprang auf und schrie: ›Amme, er hat mich getötet!‹ Die Kinderfrau, die den Lärm gehört hatte, stand in der Tür. Ich stand da und wartete und wollte noch immer nicht recht an das Geschehene glauben. Doch da strömte das Blut schon unter ihrem Korsett hervor. Und da begriff ich, daß nichts mehr gutzumachen sei, und entschied mich auch gleich dahin, daß das gar nicht nötig sei, daß ich es so gewollt und daß ich das, was geschehen, auch habe tun müssen. Ich wartete, bis sie hinfiel und die Kinderfrau mit dem Rufe: ›Um Gottes willen!‹ zu ihr hineilte – dann erst warf ich den Dolch fort und verließ das Zimmer. ›Ich darf mich nicht aufregen, ich muß wissen, was ich tue‹, sprach ich zu mir selbst, ohne nach ihr und der Kinderfrau hinzublicken. Die Kinderfrau schrie und rief das Mädchen.

Ich ging den Korridor entlang, schickte das Mädchen hinein und begab mich in mein Zimmer. ›Was soll ich nun tun?‹ fragte ich mich und begriff sogleich, was ich zu tun hätte. Ich trat an die Wand in meinem Kabinett, nahm einen Revolver herunter, untersuchte ihn – er war geladen – und legte ihn auf den Tisch. Dann holte ich die Dolchscheide hinter dem Diwan hervor und setzte mich auf diesen. Lange saß ich da, ohne an etwas zu denken oder mich an etwas zu erinnern. Ich hörte, daß draußen irgendwelches Getriebe war. Ich hörte, wie dort jemand kam und dann noch jemand. Dann hörte und sah ich, wie Jegor meinen Reisekorb ins Kabinett trug. Als ob ihn jetzt noch jemand hätte brauchen können!

›Hast du gehört, was geschehen ist?‹ sprach ich zu ihm. ›Sag' dem Hauswart, man solle es der Polizei melden.‹ Er erwiderte nichts und ging hinaus. Ich erhob mich, schloß die Tür, zog eine Zigarette und Zündhölzer heraus und begann zu rauchen. Ich hatte die Zigarette noch nicht zu Ende geraucht, als ich in einen dumpfen, schweren Schlaf verfiel. Ich schlief wohl an die zwei Stunden. Mir träumte, wir hätten uns vertragen und seien beinahe wieder Freunde, nur eine Kleinigkeit stehe noch zwischen uns, doch sonst sei alles in Ordnung. Ein Klopfen an der Tür weckte mich. ›Das ist die Polizei,‹ dachte ich beim Erwachen, ›ich habe ja wohl jemanden getötet. Aber vielleicht ist sie es auch, die da klopft, vielleicht ist gar nichts geschehen.‹ Noch einmal klopfte es an der Tür. Ich öffnete nicht und beschäftigte mich mit der Frage: ›Ist es Wirklichkeit oder nicht?‹ Ja, es ist Wirklichkeit. Ich dachte an den Widerstand des Korsetts, an das Eindringen der Klinge in den Körper, und ein Schauer lief mir über den Rücken ... Ja, es ist wahr; es ist wahr. ›Nun muß ich auch mich töten‹, sprach ich zu mir selbst. Aber ich sprach es – und wußte doch, daß ich mich nicht töten würde.

Dennoch erhob ich mich und nahm den Revolver wieder zur Hand. Aber, wie seltsam: so nahe ich auch früher oft dem Selbstmord gewesen war und so lebhaft ich noch kürzlich während der Bahnfahrt an diese Möglichkeit, durch die ich sie erschrecken wollte, gedacht hatte – jetzt lag mir der Gedanke, mich zu töten, völlig fern. ›Warum sollte ich das tun?‹ fragte ich mich. Und ich fand keine Antwort auf die Frage. Wieder wurde an die Tür geklopft. Jedenfalls muß ich erst einmal nachsehen, wer da klopft. Das andere eilt noch nicht. Ich legte den Revolver auf den Tisch und deckte ein Zeitungsblatt darüber. Dann ging ich nach der Tür und schob den Riegel zurück. Es war die Schwester meiner Frau, eine gutmütige, beschränkte Witwe. ›Wassja, was hast du da angerichtet?‹ und ihre stets bereitgehaltenen Tränen begannen zu fließen. – ›Was wünschst du?‹ fragte ich sie grob. Ich sah sehr wohl, daß gar kein Grund vorlag, gegen sie grob zu sein, doch ich konnte keinen anderen Ton für unsere Unterhaltung finden. – ›Wassja, sie stirbt. Iwan Sacharytsch hat es gesagt.‹ Iwan Sacharytsch war der Hausarzt, ihr Arzt und Berater. – ›Ist er denn hier?‹ fragte ich, und der ganze Zorn, den ich gegen sie gehegt, kam wieder zum Durchbruch. ›Nun also – was soll ich?‹ – ›Wassja, geh doch zu ihr! Ach, wie entsetzlich ist das doch!‹ sagte sie. – ›Zu ihr gehen?‹ fragte ich mich selbst und gab mir alsbald zur Antwort, das müsse ich wohl tun, das sei wahrscheinlich immer so, daß, wenn ein Gatte seine Frau getötet hat wie ich, er dann unbedingt zu ihr hingeht. Wenn das so üblich ist, so muß auch ich hingehen, sagte ich mir. Und was das andere betrifft – ich dachte an meine Absicht, mich zu erschießen – so werde ich, falls es notwendig sein sollte, immer noch Zeit dazu haben. Und so ging ich denn zu ihr. ›Jetzt wird es Phrasen geben und Grimassen,‹ sprach ich zu mir selbst, ›aber ich lasse mich nicht von ihr unterkriegen.‹ ›Halt,‹ sagte ich zu ihrer Schwester, ›es sieht dumm aus, wenn ich ohne Stiefel hineingehe, laß mich wenigstens die Pantoffel anziehen.‹

XXVIII

Und, wie seltsam: als ich das Zimmer verließ und die gewohnten Räume durchschritt, da lebte in mir von neuem die Hoffnung auf, daß nichts gewesen sei, aber der Geruch dieses ekelhaften Zeugs – Jodoform oder Karbol – schlug mir gar zu penetrant entgegen. Ja, es ist doch alles gewesen. Als ich durch den Korridor am Kinderzimmer vorüberschritt, erblickte ich Lisanjka. Sie sah mich mit erschrockenen Augen an.

Es war mir sogar, als ob alle fünf Kinder da wären und mich ansähen. Ich ging zu der Tür, und das Dienstmädchen öffnete mir von innen und kam heraus. Das erste, was mir in die Augen fiel, war ihr hellgraues Kleid auf dem Stuhle, das von Blut ganz schwarz war. Sie lag mit hochgestreckten Knien auf unserem zweischläfrigen Bett, zum Teil sogar auf meinem Bett, zu dem der Zutritt leichter war. Sie lag ganz schräg, auf den bloßen Kissen, in offener Nachtjacke. Dort, wo die Wunde sein mußte, war irgend etwas aufgelegt. Im Zimmer herrschte ein durchdringender Jodoformgeruch. Vor allem erschreckte mich ihr gedunsenes, blau angelaufenes Gesicht, das in der Nasengegend und unter den Augen dunkle Flecke aufwies. Sie rührten von dem Stoße mit dem Ellbogen her, der sie getroffen hatte. Von ihrer Schönheit war keine Spur vorhanden; sie erschien mir vielmehr häßlich. Ich blieb an der Schwelle stehen. ›Tritt doch näher, tritt doch näher heran‹, sprach die Schwester zu mir. – ›Vielleicht will sie bereuen?‹ dachte ich. ›Soll ich verzeihen? Ja, sie stirbt, da kann ich ihr verzeihen‹, dachte ich – ich will recht großmütig sein. Ich trat ganz dicht heran. Sie richtete mit Mühe ihre Augen, von denen das eine ganz verschwollen war, auf mich und sprach mühsam und stockend: ›Nun hast du dein Ziel erreicht, hast mich getötet!‹ – und in ihrem Gesichte spiegelte sich durch die physischen Leiden und die Nähe des Todes hindurch der mir wohlbekannte, kalte, tierische Haß. ›Die Kinder ... lasse ich dir ... aber nicht. Sie – die Schwester – wird sie zu sich nehmen!‹ Das, worauf es mir vor allem ankam, ihre Schuld, ihren Verrat, erwähnte sie überhaupt nicht, als ob es sich nicht verlohne, davon zu reden. ›Ja, weide dich an deinem Werke‹, sagte sie, sah nach der Tür und schluchzte auf. In der Tür stand die Schwester mit den Kindern. ›Sieh, was du angerichtet hast!‹ Ich sah auf die Kinder und auf ihr entstelltes Gesicht und vergaß zum erstenmal mich selbst, mein Recht und meinen Stolz und sah zum erstenmal in ihr den Menschen. Und so klein und erbärmlich erschien mir meine Eifersucht und alles das, was mich gekränkt hatte, und für so bedeutsam und furchtbar erachtete ich das, was ich getan, daß ich mein Gesicht zu ihren Händen niedersenken und sie um Verzeihung bitten wollte. Indessen ich wagte es nicht. Sie hatte die Augen geschlossen und schwieg, offenbar war sie nicht mehr imstande zu sprechen. Dann erbebte ihr entstelltes Gesicht und legte sich in Falten. Sie stieß mich leise von sich. ›Warum war das alles? Warum?‹ – ›Verzeih mir!‹ sagte ich, ›verzeih, alles ist Torheit!‹ – ›Wenn ich nur nicht sterbe!‹ schrie sie, richtete sich auf und sah mich mit den fieberhaft glänzenden Augen durchdringend an. ›Du hast dein Ziel erreicht! Ich hasse dich! Oh! Oh!‹ rief sie offenbar im Fieber, vor irgend etwas erschreckend. – ›Nun, töte nur, töte, ich habe keine Angst! . . . Aber töte uns alle, alle, auch ihn. Er ist entflohen, entflohen!‹ Die Fieberphantasien hörten die ganze Zeit nicht auf. Sie erkannte niemanden mehr. Um die Mittagsstunde war sie tot.

Mich hatte man schon vorher, um acht Uhr morgens, auf die Wache und von dort ins Gefängnis gebracht. Dort saß ich, mein Urteil erwartend, elf Monate lang, dachte über mich und meine Vergangenheit nach und begriff beides. Vom dritten Tage an begann ich beides zu begreifen: am dritten Tage führte man mich ›dahin‹.«

Er wollte etwas sagen, hielt jedoch inne, da er sich des Schluchzens nicht enthalten konnte. Als er seine Kräfte wieder gesammelt hatte, fuhr er fort:

»Ich begann erst dann zu begreifen, als ich sie im Sarge erblickte.«

Er schluchzte auf, fuhr jedoch hastig fort:

»Erst als ich ihr totes Antlitz sah, begriff ich alles, was ich getan hatte. Ich begriff, daß ich, ich sie getötet hatte, daß es durch mich geschehen war, daß sie, die bisher gelebt und sich bewegt hatte und voll Wärme gewesen war, nun unbeweglich, wächsern und kalt da lag und daß dies niemals, nirgends und durch kein Mittel geändert werden könne. Wer das nicht selbst erlebt hat, kann es nicht begreifen ... Oh! oh! oh!« rief er wehklagend aus und verstummte.– –

Wir saßen lange schweigend da. Er schluchzte und saß bebend, ohne ein Wort zu sprechen, vor mir da.

»Nun, verzeihen Sie.« – Er wandte sich von mir ab, streckte sich auf der Bank aus und deckte sich mit seinem Plaid zu.

Auf der Station, auf der ich aussteigen mußte – es war gegen acht Uhr morgens – trat ich an ihn heran, um von ihm Abschied zu nehmen. Ob er schlief oder sich nur schlafend stellte – jedenfalls bewegte er sich nicht. Ich berührte ihn mit der Hand und sah, daß er nicht geschlafen hatte.

»Leben Sie wohl«, sagte ich und reichte ihm die Hand.

Er reichte mir seine Hand und lächelte, jedoch so traurig, daß ich nahe daran war, zu weinen.

»Ja, verzeihen Sie«, wiederholte er nochmals das Wort, mit dem er seine Erzählung geschlossen hatte.

Den 26. August 1889

Ende

Nachwort

Ich erhielt und erhalte noch immer zahlreiche Briefe von mir unbekannten Leuten, die mich bitten, in einfachen und klaren Worten darzulegen, was ich eigentlich über das Thema, den Kern der von mir unter dem Titel »*Die Kreutzersonate*« veröffentlichten Erzählung denke. Ich will versuchen, dies zu tun, d.h. in Kürze, soweit dies möglich, das Wesen dessen auszudrücken, was ich in dieser Erzählung und den an sie geknüpften Folgerungen zur Darstellung gebracht habe. Ich wollte *erstens* sagen, daß in unserer Gesellschaft sich eine feste, allen Ständen gemeinsame und durch eine falsche Wissenschaft gestützte Überzeugung gebildet habe, der Geschlechtsverkehr sei eine für die Gesundheit unentbehrliche Sache, und da die Ehe nicht immer möglich sei, so sei auch der außereheliche Geschlechtsverkehr, der den Mann nur zu einer Geldzahlung verpflichtet, eine völlig natürliche Angelegenheit, die daher auch nur Aufmunterung verdiene.

Diese Überzeugung ist eine in so hohem Maße allgemeine und feste, daß die Eltern auf den Rat der Ärzte ihren Kindern Gelegenheit zur Ausschweifung verschaffen und daß die Regierungen, deren einziger Zweck doch darin besteht, für das sittliche Wohl ihrer Bürger Sorge zu tragen, die Ausschweifung regulieren, d.h. einen ganzen Stand von Frauen organisieren, die körperlich und seelisch zugrunde gehen müssen, um die vermeintlichen Bedürfnisse der Männer zu befriedigen und um den unverheirateten Männern Gelegenheit zu geben, mit vollkommen ruhigem Gewissen der Ausschweifung zu huldigen.

Und nun wollte ich sagen, daß dies nicht gut sei, weil es doch unmöglich in der Ordnung sein könne, daß für den Gesundheitszustand der einen Kategorie von Menschen Körper und Seele einer andern Kategorie zugrunde gerichtet werden; wie es nicht in der Ordnung sein kann, daß, damit die eine Kategorie von Menschen gesund bleibe, sie das Blut einer anderen Menschenkategorie trinke.

Der Schluß, der nach meiner Meinung naturgemäß daraus zu ziehen ist, geht darauf hinaus, daß man sich dieser Verirrung und Täuschung nicht hingeben dürfe. Und um sich ihnen nicht hinzugeben, darf man erstens unsittlichen Lehren, durch welche vermeintlichen Wissenschaften sie auch gestützt werden mögen, keinen Glauben schenken, und muß zweitens begreifen, daß die Unterhaltung eines

Geschlechtsverkehrs, bei dem die Geburten absichtlich verhindert werden oder die Sorge für die Kinder auf die Frauen abgewälzt oder die Möglichkeit des Gebärens von vornherein verhindert wird – daß ein solcher Geschlechtsverkehr eine Übertretung der einfachsten Forderung der Sittlichkeit, mithin selbst eine Unsittlichkeit ist, und daß ledige Leute, die nicht unsittlich leben wollen, sich dieses Verkehrs enthalten müssen.

Um nun enthaltsam leben zu können, müssen diese ledigen Leute in jeder Beziehung eine natürliche Lebensführung anstreben, das heißt, sie dürfen nicht trinken, nicht im Übermaß essen, kein Fleisch genießen, nicht der anstrengenden körperlichen Arbeit – die durch keine Gymnastik zu ersetzen ist – aus dem Wege gehen und den Verkehr mit fremden Frauen selbst in Gedanken so wenig wie etwa den Verkehr mit ihren eigenen Müttern, Schwestern, weiblichen Verwandten oder mit den Frauen ihrer Freunde zulassen. Beweise dafür, daß die Enthaltsamkeit möglich und weniger schädlich und gesundheitsgefährlich ist als die Nichtenthaltsamkeit, wird jeder Mann in seinen Kreisen zu Hunderten finden.

Das ist der erste Punkt.

Der *zweite* Punkt ist, daß in unserer Gesellschaft, da man den Liebesverkehr nicht nur als eine notwendige Vorbedingung der Gesundheit und des Genusses, sondern auch als eine poetische Erhöhung des Lebensglücks ansieht, die eheliche Untreue in allen Schichten der Gesellschaft – namentlich, dank dem Soldatentum, auch im Bauernstande – eine ganz gewöhnliche Erscheinung geworden ist. Und das ist nach meiner Meinung nicht gut.

Der Schluß aber, der daraus zu ziehen ist, lautet, daß man dies eben nicht tun darf.

Damit man dies aber nicht tue, muß die Ansicht vom Wesen der sinnlichen Liebe eine andere werden, müssen Männer und Frauen in den Familien wie durch die öffentliche Meinung so erzogen werden, daß sie vor wie nach der Heirat die Verliebtheit und die damit verbundene sinnliche Liebe nicht als einen poetischen, erhabenen Zustand ansehen, wie sie es jetzt tun, sondern als einen den Menschen erniedrigenden, tierischen Zustand; wie denn auch anzustreben ist, daß die Verletzung des in der Ehe gegebenen Treuegelöbnisses durch die öffentliche Meinung mindestens ebenso gerügt werde wie die Nichterfüllung finanzieller Verpflichtungen und Betrug in

Handelssachen, und nicht, wie es jetzt geschieht, die Verletzung der Treue gar noch in Romanen, Gedichten, Liedern, Opern usw. besungen werde.

Das ist der zweite Punkt.

Der *dritte* Punkt ist, daß in unserer Gesellschaft, gleichfalls infolge der falschen Bedeutung, die man der sinnlichen Liebe beilegt, das Kindergebären seinen ursprünglichen Sinn verloren hat. Statt das Ziel und die Rechtfertigung der ehelichen Beziehungen zu sein, gilt es vielmehr als ein Hindernis für die angenehme Fortsetzung der Liebesbeziehungen.

Außerhalb der Ehe wie in der Ehe ist daher auf den Rat der Diener der ärztlichen Wissenschaft der Gebrauch von Mitteln, die der Frau das Kindergebären unmöglich machen, immer üblicher geworden, oder, was früher nicht Sitte und Brauch war und was in patriarchalisch lebenden Bauernfamilien auch heute noch nicht vorkommt: die ehelichen Beziehungen werden während der Schwangerschaft und Nährzeit fortgesetzt.

Und das ist nach meiner Meinung nicht gut.

Nicht gut ist es, Mittel gegen das Kindergebären anzuwenden, erstens, weil sich die Menschen dadurch von den Sorgen und Mühen um die Kinder befreien, die als eine Sühne der sinnlichen Liebe anzusehen sind, und zweitens, weil dies einer dem menschlichen Gewissen ganz besonders widerstrebenden Handlung, nämlich dem Morde, nahesteht. Nicht gut endlich ist die Nichtenthaltsamkeit zur Schwangerschafts- und Nährzeit, weil durch sie die körperlichen, noch mehr aber die geistigen Kräfte der Frau zugrunde gerichtet werden.

Der Schluß, der sich hieraus ergibt, lautet dahin, daß man dies nicht tun darf. Und um dies nicht zu tun, müssen wir begreifen, daß die Enthaltsamkeit, die schon im ledigen Stande eine unerläßliche Bedingung der menschlichen Würde bildet, in noch höherem Maße im ehelichen Stande zur Pflicht wird.

Das ist der dritte Punkt.

Der *vierte* Punkt ist der, daß in unserer Gesellschaft, in der die Kinder entweder ein Hindernis des Sinnengenusses oder das Ergebnis eines unglücklichen Zufalls oder eine Elternfreude besonderer Art bilden, falls nämlich die Eltern sich gerade so viel Kinder wünschten, diese Kinder nicht im Hinblick auf jene Aufgaben des menschlichen Lebens erzogen werden, die ihnen als verständigen und liebenden Wesen bevorstehen, sondern lediglich im Hinblick auf die Freuden, die sie ihren Eltern bereiten können. Infolgedessen werden die Kinder der Menschen wie die Kinder der Tiere erzogen, so daß die Hauptsorge der Eltern nicht darin besteht, sie zu einer menschenwürdigen Tätigkeit vorzubereiten, sondern darin, sie möglichst gut zu ernähren, ihr Wachstum zu fördern, sie sauber, weiß, satt und hübsch zu machen, worin die Eltern noch von der verlogenen Wissenschaft, die sich Medizin nennt, unterstützt werden; wenn in den unteren Volksschichten nicht das Gleiche geschieht, so ist dies eine Folge der Not; die Ansichten jedoch sind genau dieselben. Bei den verzärtelten Kindern erwacht dann, wie bei überfütterten Tieren, unnatürlich früh eine unbezwingliche Sinnlichkeit, die diesen Kindern im frühreifen Alter zur Ursache schlimmer Qualen wird. Putzsucht, das Lesen aufregender Bücher, Theaterbesuch, Musik, Tanzvergnügen, Näschereien, allerlei bunte Lebensgewohnheiten von den zierlichen Konfektschachteln bis zu den Romanen, Erzählungen und Gedichten schüren diese Sinnlichkeit noch mehr, und so werden die schrecklichsten geschlechtlichen Laster und Krankheiten die üblichen Begleiterscheinungen der heranwachsenden Jugend beiderlei Geschlechts, die auch im reifen Alter oft nicht schwinden.

Und das ist nach meiner Meinung nicht gut.

Der Schluß, der sich daraus ergibt, lautet, daß man aufhören sollte, die Kinder der Menschen wie die Kinder der Tiere zu erziehen, und daß man für die Erziehung der Menschenkinder andere Ziele aufstellen müsse als den schönen, wohlgepflegten Körper.

Das ist der vierte Punkt.

Der *fünfte* Punkt ist der, daß in unserer Gesellschaft die Liebelei zwischen einem jungen Manne und einer Frau, die doch im Grunde genommen nur auf die sinnliche Liebe ausgeht, zu einem höheren poetischen Ziel menschlichen Strebens erhoben worden ist, wobei die jungen Männer die beste Zeit ihres Lebens darauf verwenden, sich ein recht vorteilhaftes Liebesverhältnis oder eine recht günstige Heiratspartie zu ergattern, während Frauen und Mädchen ihrerseits darauf aus sind, die Männer in eine mehr oder weniger leichte oder ernste Liaison hineinzulocken.

So werden die besten Kräfte der Menschen nicht nur an unproduktive, sondern an direkt schädliche Zwecke vergeudet. Daher kommt zum größten Teil der törichte Luxus unseres Lebens, daher die Müßigkeit der Männer und die Schamlosigkeit der Frauen, die sich nicht scheuen, nach Modevorbildern, die sie von notorisch verderbten Weibsbildern entnehmen, gewisse die Sinnlichkeit reizende Körperteile offen zur Schau zu stellen.

Und das ist nach meiner Meinung nicht gut.

Es ist darum nicht gut, weil die Erreichung der Vereinigung mit dem Gegenstand der Liebe, sei es in der Ehe oder außer der Ehe, so sehr man diese Vereinigung auch poetisch verklären möge, ein des Menschen unwürdiges Ziel ist, wie es auch kein des Menschen würdiges Ziel ist, was sich viele gleichwohl als das höchste Glück vorstellen: dem Körper so viel süße Speise wie möglich einzuverleiben.

Der Schluß aber, den man daraus ziehen kann, ist, daß man aufhören muß, die sinnliche Liebe als etwas ganz Besonderes, Erhabenes anzusehen, vielmehr begreifen muß, daß die menschenwürdigen Ziele – sei es der Dienst der Menschheit oder des Vaterlandes, der Wissenschaft oder der Kunst, ganz zu schweigen vom Dienste Gottes – soweit sie wirklich edel und menschenwürdig sind, durch die Vereinigung mit dem Gegenstande der Liebe in oder außer der Ehe nicht gefördert werden, daß im Gegenteil die Verliebtheit und die Vereinigung mit dem Gegenstande der Liebe, wie sehr auch die Dichter in Versen und Prosa das Gegenteil zu beweisen suchen, die Erreichung irgendwelcher menschenwürdigen Ziele nie erleichtern, sondern stets erschweren werden.

Das ist der fünfte Punkt.

Dies ist das Wesentliche, was ich zum Ausdruck bringen wollte, und ich glaube es in meiner Erzählung deutlich ausgesprochen zu haben. Ich meinte: man könne wohl darüber disputieren, in welcher Weise das Übel zu beseitigen sei, auf das die von mir aufgestellten Thesen hinweisen, ihnen jedoch nicht zuzustimmen, sei einfach unmöglich.

Ich war der Meinung, daß es unmöglich sei, diesen Thesen nicht zuzustimmen, erstens, weil diese Thesen mit dem Fortschritte der Menschheit, der stets von sittlicher Ungebundenheit zu immer größerer Sittenreinheit strebt, sowie mit dem sittlichen Bewußtsein der Gesellschaft und unserem Gewissen harmonieren, das stets die sittliche Ungebundenheit verurteilt und die Sittenreinheit hochschätzt, und zweitens, weil diese Thesen lediglich die notwendigen Folgerungen aus der Lehre des Evangeliums darstellen, zu dem wir uns entweder offen bekennen oder das wir doch wenigstens, wenn auch nur unbewußt, als Grundlage unserer Begriffe über die Sittlichkeit anerkennen.

Die Wirklichkeit zeigt jedoch ein anderes Bild.

Niemand wird allerdings die Thesen geradezu bestreiten, daß man vor der Ehe nicht ausschweifend leben dürfe, daß man es auch nach Eingehung der Ehe nicht tun dürfe, daß man das Kindergebären nicht künstlich verhindern, aus den Kindern kein Spielzeug machen und die geschlechtliche Vereinigung über alle irdischen Genüsse und Güter stellen dürfe – niemand wird, mit einem Worte, bestreiten, daß die Keuschheit höher stehe als die Ausschweifung. Aber man sagt eben: »Wenn die Ehelosigkeit besser ist als die Ehe, dann sollten doch verständigerweise die Menschen sich an das Bessere halten. Tun sie dies aber, so stirbt das Menschengeschlecht aus, die Ausrottung des Menschengeschlechts kann mithin nicht das Ideal des Menschengeschlechts sein.«

Doch ganz abgesehen davon, daß die Ausrottung des Menschengeschlechts für die Menschen unserer Tage kein neuer Begriff ist, sondern, soweit sie religiös sind, für sie ein Glaubensdogma und, soweit sie wissenschaftlich denken, eine notwendige Folgerung aus der Beobachtung über das Erkalten der Sonne bildet, so liegt in diesem Einwand ein weit verbreitetes, altes Mißverständnis.

Man sagt: »Wenn die Menschen das Ideal vollkommener Keuschheit erreichen, so vernichten sie sich selbst, und darum kann dieses Ideal nicht das rechte sein.« Die aber so sprechen, verwechseln absichtlich oder unabsichtlich zwei verschiedenartige Dinge, nämlich die Verhaltungsmaßregel oder Vorschrift und das Ideal.

Die Keuschheit ist keine Vorschrift oder Verhaltungsmaßregel, sondern ein Ideal oder, genauer gesagt, eine der Vorbedingungen des Ideals.

Ein Ideal ist aber nur dann ein Ideal, wenn seine Verwirklichung nur in der Idee, nur gedanklich möglich ist, wenn es sich nur als in der Unendlichkeit erreichbar darstellt, und wenn daher die Möglichkeit, ihm näherzukommen, eine unendliche ist. Wäre das Ideal nicht nur erreichbar, sondern könnten wir uns seine Verwirklichung vorstellen, so würde es aufhören, ein Ideal zu sein.

So war das Ideal Christi – die Begründung des Reiches Gottes auf Erden – ein Ideal, von dem schon die Propheten voraussagten, daß einst eine Zeit kommen werde, da alle Menschen, der Lehre Gottes folgend, ihre Schwerter in Pflugscharen und ihre Speere in Sicheln umwandeln würden, da der Löwe sich neben dem Lamme lagern würde und alle Wesen in Liebe vereinigt sein würden. Jeglicher Sinn des menschlichen Lebens bewegt sich in der Richtung nach diesem Ideal, und daher schließt das Streben nach dem christlichen Ideal in seiner Ganzheit und Geschlossenheit, wie auch nach der Keuschheit, als einer der Vorbedingungen dieses Ideals, nicht nur die Möglichkeit des Lebens keineswegs aus, vielmehr würde die Abwesenheit dieses christlichen Ideals die Möglichkeit eines Fortschritts und folglich auch des Lebens selbst verneinen.

Behauptungen wie jene, das Menschengeschlecht würde aussterben, wenn die Menschen aus aller Macht die Keuschheit anstreben, stehen auf einer Stufe mit der Äußerung – die man zuweilen auch hören kann –, daß das Menschengeschlecht aussterben würde, wenn die Menschen, statt den Kampf ums Dasein zu führen, aus aller Macht der Verwirklichung der Freundes- und Feindesliebe wie überhaupt der Liebe zu allem Lebenden zustrebten.

Solche Behauptungen haben ihren Ursprung darin, daß der Unterschied zweier abweichender Methoden sittlicher Führung falsch aufgefaßt wird.

Wie es zwei abweichende Methoden gibt, einem nach dem Wege fragenden Wanderer Bescheid zu geben, so gibt es auch zwei abweichende Möglichkeiten sittlicher Wegweisung für den Menschen, der die Wahrheit sucht. Die eine Methode besteht darin, daß man den Wanderer auf die Gegenstände hinweist, denen er begegnen werde, und nach denen er sich zu richten habe, die andere Methode besteht darin, daß man dem Menschen auf Grund des Kompasses, den er in sich trägt und auf dem er stets dieselbe unveränderte Richtung vermerkt findet, nur eben die Richtung angibt, so daß er stets jede Abweichung, die er sich gestattet, selbst feststellen kann.

Die erste Methode sittlicher Führung ist die Methode der Aufstellung äußerlicher Vorschriften und Bestimmungen: man gibt dem Menschen bestimmte Kennzeichen der Handlungen an, die er zu tun oder zu lassen habe.

»Du sollst den Sabbat heiligen; du sollst dich der Beschneidung unterziehen; du sollst nicht stehlen; du sollst keine gegorenen Getränke genießen; du sollst keine lebenden Wesen töten; du sollst den Armen den Zehnten abgeben; du sollst fünfmal täglich Waschungen vornehmen und beten; du sollst dich taufen lassen, sollst zum Abendmahl gehen usw.« So lauten die äußerlichen Gebote der verschiedenen religiösen Lehren, des Brahminismus, Buddhismus, Muhammedanismus, des jüdischen und des kirchlich-orthodoxen, fälschlicherweise als »christlich« bezeichneten Glaubens.

Die zweite Methode ist die, dem Menschen eine ihm nie erreichbare Vollkommenheit zu zeigen, nach der er gleichwohl das Streben in sich fühlt: man zeigt dem Menschen ein Ideal, das ihm stets gestattet, zu sehen, wie weit er selbst von ihm, dem Ideal, entfernt sei.

»Liebe deinen Gott mit deinem ganzen Herzen, mit deiner ganzen Seele, mit deinem ganzen Vermögen und deinen Nächsten wie dich selbst. Seid vollkommen, wie euer Vater im Himmel vollkommen ist.« So lautet die Lehre Christi.

Der Prüfstein für die Erfüllung der äußeren religiösen Vorschriften ist die Übereinstimmung der Handlungen mit den Bestimmungen dieser Lehre, und diese Übereinstimmung liegt in den Grenzen der Erfüllbarkeit.

Der Prüfstein für die Erfüllung der Lehre Christi ist das Bewußtsein des Grades der Nichtübereinstimmung mit der idealen Vollkommenheit. (Der Grad der Annäherung ist nicht sichtbar: sichtbar ist nur die Abweichung von der Vollkommenheit.) Der Mensch, der das äußerliche Gebot bekennt, ist wie ein Mensch, der im Lichte einer Laterne steht, die an einem Pfeiler hängt. Er steht im Lichte dieser Laterne, für ihn ist es hell genug, und er braucht nirgends weiter hinzugehen. Der Mensch dagegen, der die Lehre Christi bekennt, ist wie ein Mensch, der auf einer mehr oder weniger langen Stange eine Laterne vor sich herträgt: das Licht ist stets vor ihm und lockt ihn beständig, ihm zu folgen, und öffnet immer wieder vor ihm einen neuen beleuchteten Raum, der ihn anzieht.

Der Pharisäer dankt Gott dafür, daß er alle Gebote erfüllt. Auch der reiche Jüngling hat alles von Kindheit an erfüllt und begreift nicht, was ihm fehlen könnte. Sie können beide nicht anders denken; vor ihnen ist nichts, dem sie nachstreben könnten.

Der Zehnte ist bezahlt; der Sabbat wird gehalten; die Eltern werden geachtet; Ehebruch, Mord, Diebstahl werden nicht begangen. Was verlangt man noch mehr? Für den Bekenner der christlichen Lehre aber ruft die Erreichung jeder neuen Stufe der Vollkommenheit das

Bedürfnis des Überganges zu einer höheren Stufe hervor, von der aus eine noch höhere sichtbar wird und so ohne Ende.

Wer das Gesetz Christi bekennt, der befindet sich stets in der Lage des Zöllners. Er fühlt sich immer unvollkommen, da er hinter sich den Weg nicht sieht, den er bereits zurückgelegt hat, sondern stets nur den Weg vor sich, den er zu gehen und den er noch nicht zurückgelegt hat.

Darin liegt der Unterschied der Lehre Christi von allen anderen religiösen Lehren – ein Unterschied, der nicht in der Verschiedenheit der Forderungen liegt, sondern in der Verschiedenheit der Art, die Menschen zu führen.

Christus hat nie irgendwelche Vorschriften für das Leben gegeben; er hat nie irgendwelche Einrichtungen getroffen, noch auch jemals die Ehe eingesetzt. Aber die Menschen, die die Eigentümlichkeit der Lehre Christi nicht begriffen, die an äußerliche Lehren gewöhnt waren und gleich dem Pharisäer sich gerechtfertigt fühlen wollten, machten, entgegen allem Geiste der Lehre Christi, aus ihrem Buchstaben eine äußerliche, aus Vorschriften bestehende Lehre, die sie die kirchliche christliche Lehre nannten, und schoben der wahren christlichen Ideallehre diese ihre Ersatzlehre unter.

Die kirchlichen Lehren, die sich selbst christliche nennen, haben für alle Lebenslagen an Stelle der Lehre des Ideals Christi äußerliche Vorschriften und Verordnungen gegeben, die dem Geiste der Lehre widersprechen. Dies geschah in Hinsicht der Staatsgewalt, des Gerichtes, des Heeres, der Kirche, des Gottesdienstes, und es geschah auch in bezug auf die Ehe: obwohl Christus niemals die Ehe eingesetzt, im Gegenteil, wenn es nach Wortbestimmungen geht, sie eher verworfen hat – »verlasse dein Weib und folge mir nach« – haben die kirchlichen Lehren, die sich christliche nennen, die Ehe als eine christliche Einrichtung eingesetzt, d.h. die äußerlichen Bedingungen bestimmt, unter denen die sinnliche Liebe für einen Christen sündenlos und völlig gesetzlich sein könne.

Da aber in der wahren christlichen Lehre keinerlei Grundlagen zur Einsetzung der Ehe vorhanden sind, so nahm die Sache eine solche Wendung, daß die Menschen unserer Welt von dem einen Ufer abgefahren sind und das andere nicht erreicht haben, d. h. an die kirchliche Festsetzung der Ehe in Wirklichkeit nicht glauben, in dem Gefühl, daß diese Einrichtung in der christlichen Lehre keine Begründung habe, und gleichzeitig das durch die kirchliche Lehre verborgene Ideal Christi – das Streben nach voller Keuschheit – nicht sehen, somit also in bezug auf die Ehe ohne Richtschnur bleiben. Daher rührt die anfangs sonderbar anmutende Erscheinung, daß bei den Juden, Muhammedanern, Lamaisten und anderen Bekenntnissen, deren religiöse Lehren tief unter den christlichen stehen, die aber dafür genaue äußerliche Bestimmungen über die Ehe besitzen, der familiäre Zusammenhang und die Gattentreue unvergleichlich fester eingewurzelt sind als bei den sogenannten Christen. Bei jenen gibt es bestimmte Vorschriften über die Vielweiberei, die in ganz feste Grenzen eingedämmt ist. Bei uns dagegen herrscht volle Zügellosigkeit, Kebsweiberwirtschaft, Vielweiberei, Vielmännerei, die keinen Vorschriften unterliegen und sich hinter dem Schein einer vermeintlichen Einehe verbergen.

Nur weil an einem gewissen Teil der sich verbindenden Paare von der Geistlichkeit gegen Bezahlung die bekannte Zeremonie vollzogen wird, die man als kirchliche Trauung bezeichnet, geben die Leute unserer Kreise, naiv oder heuchlerisch, sich der Vorstellung hin, sie lebten in der Einehe.

Eine christliche Ehe kann es nicht geben und hat es nie gegeben, wie es nie einen christlichen Gottesdienst gegeben hat noch geben kann (Matth. VI,5–13; Joh. IV,21), noch auch christliche Lehrer und Kirchenväter (Matth. XXIII,8–10), noch ein christliches Eigentum, ein christliches Heer, ein christliches Gericht oder einen christlichen Staat. So wurde das stets von den Christen der ersten und der folgenden Jahrhunderte aufgefaßt.

Das Ideal des Christen ist die Liebe zu Gott und dem Nächsten, ist die Selbstentäußerung im Dienste Gottes und des Nächsten, die sinnliche Liebe aber – die Ehe – ist Dienst am eigenen Ich, sie ist also auf jeden Fall eine Behinderung des Gottes- und Nächstendienstes und mithin vom christlichen Standpunkte gleichbedeutend mit Schuld und Sündenfall.

Die Eheschließung vermag den Gottes- und Menschendienst selbst dann nicht zu fördern, wenn die Eheschließenden die Fortpflanzung des Menschengeschlechtes zum Ziele haben sollten: solche Leute täten, statt zu heiraten und neue Kinderleben hervorzubringen, weit besser daran, die Millionen von Kinderleben zu retten und zu erhalten, die rings um uns aus Mangel an geistiger und materieller Nahrung zugrunde gehen.

Nur dann könnte ein Christ ohne Schuld und Sündenfall in die Ehe eintreten, wenn er sähe und wüßte, daß alle vorhandenen Kinderleben gesichert sind.

Man kann die Lehre Christi, von der unser ganzes Leben durchdrungen ist und auf der unsere gesamte Sittlichkeit sich gründet, verwerfen, man muß jedoch, wenn man sie nicht verwirft, zugeben, daß sie das Ideal völliger Keuschheit vertritt.

Im Evangelium ist klar und ohne die Möglichkeit irgendeiner falschen Auslegung gesagt, erstens, daß der Verheiratete sich von seiner Ehegattin nicht scheiden lassen dürfe, um eine andere zu freien, sondern mit derjenigen leben solle, die er einmal erwählt hat (Matth. V,31–32, XIX,8ff.); zweitens, daß der Mensch im allgemeinen, ob er verheiratet oder unverheiratet ist, eine Sünde begeht, wenn er auf das Weib wie auf einen Gegenstand der Begierde schaut (Matth. V,28–29); drittens, daß der Unverheiratete besser tut, überhaupt unverheiratet zu bleiben, das heißt in Keuschheit zu leben (Matth. XIX,10–12).

Tausenden und Abertausenden werden diese Gedanken seltsam, ja sogar widerspruchsvoll erscheinen.

Und sie sind in der Tat voll Widerspruch, jedoch nicht untereinander, sie sind vielmehr voll Widerspruch mit unserem ganzen Leben, und unwillkürlich drängt sich einem die Erkenntnis auf: auf welcher Seite die Wahrheit läge – bei diesen Gedanken oder bei dem Leben der Millionen Menschen, darunter auch dem meinigen?

Eben dieses Gefühl empfand auch ich im stärksten Maße, als ich zu den Überzeugungen gelangt war, die ich jetzt hier ausspreche; ich hatte nie erwartet, daß mein Gedankengang mich dahin führen würde, wohin er mich schließlich geführt hat. Ich war entsetzt über meine Folgerungen, wollte ihnen nicht glauben, mußte es jedoch schließlich tun. Und so sehr auch diese Folgerungen mit dem ganzen Zuschnitt unseres Lebens, mit meinen früheren Gedanken und Äußerungen im Widerspruch standen – ich konnte nicht anders als sie anerkennen.

Doch alles das sind allgemeine Betrachtungen, die auch sonst richtig sein mögen, hier jedoch sich auf die Lehre Christi beziehen und nur für diejenigen bindend sind, die diese Lehre bekennen. Das Leben ist nun aber das Leben, und es geht nicht an, daß man, nachdem man einmal auf das unerreichbare Ideal Christi hingewiesen hat, die Menschen in einer der brennendsten, allgemeinsten und schwerwiegendsten Fragen ohne jeglichen Fingerzeig mit diesem Ideal allein lasse. »Der leidenschaftliche Jüngling wird sich zuerst wohl von dem Ideal hinreißen lassen, aber er wird nicht Kraft genug haben, wird sich von allen Fesseln losmachen und in völlige Ausschweifung verfallen.« So hört man gewöhnlich urteilen.

»Das Ideal Christi ist unerreichbar, daher kann es uns nicht als Richtschnur im Leben dienen; man kann von ihm wohl reden und schwärmen, aber für das Leben gibt es keinen Maßstab und darum muß man von ihm absehen.« Wir bedürften nicht eines Ideals, sondern einer Richtschnur, die dem Durchschnittsmaß der sittlichen Kraft unserer Gesellschaft entspräche. Eine kirchliche, ehrbare oder auch nicht ganz ehrbare Ehe, bei der der eine Teil, wie bei uns der Mann, schon mit vielen Frauen Beziehungen unterhalten haben kann, oder eine Ehe mit der Möglichkeit der Scheidung oder wenigstens eine bürgerliche Ehe oder, wenn wir auf demselben Wege fortschreiten, die japanische Ehe auf Zeit – ja, warum dann nicht auch die sogenannten Freudenhäuser?

Man sagt, sie seien dem Laster auf der Straße vorzuziehen...

Darin liegt ja aber das Unglück, daß, nachdem man sich gestattet hat, das Ideal der menschlichen Schwäche gemäß herabzusetzen, die Grenze nicht mehr zu finden ist, bei der man Halt zu machen hat.

Diese Art der Beurteilung ist von Anfang an grundfalsch; falsch ist es vor allem zu behaupten, daß das Ideal der unendlichen Vollkommenheit nicht eine Richtschnur im Leben sein könne, daß man es als unbrauchbar erklären und von seiner Anwendung absehen müsse – indem man, mit der Achsel zuckend, erklärt: »Ich werde es nie erreichen, kann es also doch nicht gebrauchen«, oder daß man das Ideal so tief herabdrückt, daß es auf der Stufe der eignen Schwachheit steht. So handeln, hieße dem Seemann nachahmen, der da sagt: »Da ich nicht in der Linie fahren kann, die der Kompaß mir vorschreibt, will ich den Kompaß ins Wasser werfen, oder ich will nicht mehr nach ihm hinsehen; ich werde das Ideal fortwerfen oder den Kompaßzeiger an der Stelle befestigen, die im gegebenen Augenblick gerade dem Laufe meines Schiffes entspricht, das heißt, ich werde das Ideal zur Stufe meiner Schwachheit herabdrücken.«

Das von Christus aufgestellte Ideal ist kein Traumbild und kein Thema schwungvoller Predigten, sondern vielmehr die unentbehrlichste, allen verständliche Richtschnur des sittlichen Lebens der Menschen, wie der

Kompaß das unentbehrlichste, selbstverständlichste Gerät des Seefahrers ist; nur muß man eben an diesen wie an jene *glauben*.

In welcher Lage sich der Mensch auch befinde, stets genügt das von Christus aufgestellte Ideal, um ihm den richtigsten Hinweis für das zu bieten, was er tun oder lassen solle. Aber man muß dieser Lehre vollen Glauben schenken, und zwar dieser Lehre allein, wie der Seefahrer an den Kompaß glauben und aufhören muß, nach den Ufern auszuschauen und sich von den Gegenständen, die er da sieht, lenken zu lassen.

Man muß verstehen, sich von der christlichen Lehre leiten zu lassen, wie man es verstehen muß, sich als Seefahrer vom Kompaß leiten zu lassen, und darum muß man vor allem seine Lage begreifen und sich nicht scheuen, die Abweichung dieser Lage von der gegebenen idealen Richtung genau festzustellen.

Auf welcher Stufe der Mensch auch stehen mag, stets gibt es für ihn eine Möglichkeit, sich dem Ideal zu nähern; es gibt für ihn keine Lage, in der er sagen könnte, er habe das Ideal erreicht und brauche nicht mehr nach einer größeren Annäherung zu streben.

Von dieser Art ist das Streben des Menschen nach dem christlichen Ideal im allgemeinen und nach der Keuschheit im besondern.

Stellt man sich, was die Geschlechtsfrage angeht, die mannigfachen Lagen der Menschen vor, von der unschuldigen Kindheit bis zur Ehe, in der die Keuschheit nicht beobachtet wird, so wird auf jeder Stufe zwischen diesen beiden Lagen die Lehre Christi mit dem von ihm aufgestellten Ideal stets als klare und bestimmte Richtschnur dafür dienen, was der Mensch auf jeder dieser Stufen tun oder lassen solle.

Was hat der reine Jüngling, das keusche junge Mädchen zu tun? Sie sollen sich rein halten von Verführung, und um alle ihre Kräfte dem Gottes- und Nächstendienst zu widmen, sollen sie nach immer größerer Reinheit der Gedanken und Wünsche streben.

Was soll der Jüngling oder das Mädchen tun, die der Verführung unterlegen sind, die von Gedanken an eine Liebe zu einem unbestimmten Gegenstande oder einer bestimmten Person verzehrt werden und auf diese Weise einen gewissen Teil der Möglichkeit, Gott und den Nächsten zu dienen, verloren haben? – Immer wieder dasselbe: sich vor dem Falle hüten, nicht vergessen, daß Nachgiebigkeit vor dem Falle nicht bewahrt, sondern den Eintritt seiner Möglichkeit verstärkt, und nach wie vor zwecks vollkommeneren Gottes- und Nächstendienstes nach immer größerer und größerer Keuschheit streben.

Was sollen die Menschen tun, wenn sie dem Kampfe nicht gewachsen waren und gefallen sind?

Sie sollen ihren Fall nicht als einen rechtmäßigen Genuß betrachten, wie sie es jetzt tun, wenn der Fall durch die Zeremonie der Ehe gerechtfertigt wird, auch nicht wie einen zufälligen Genuß, den man mit andern wiederholen kann, noch auch als ein Unglück, wenn der Fall mit einer Unebenbürtigen und ohne Zeremonie erfolgte, sondern man soll diesen ersten Fall als den einzigen ansehen, als den Eintritt in eine unlösbare Ehe.

Dieser Eintritt in die Ehe weist durch die Folge, die er mit sich bringt, nämlich die Geburt der Kinder, den Eheschließenden eine neue, begrenztere Form des Gottes- und Nächstendienstes zu. Vor der Ehe konnte der Mensch unmittelbar in allen möglichen Formen Gott und Menschen dienen, die Eheschließung aber beschränkt sein Tätigkeitsgebiet und verlangt von ihm die Aufziehung der aus der Ehe stammenden Nachkommenschaft; die selbst wieder sich dem Dienste Gottes und der Nächsten widmen soll.

Was sollen der Mann und die Frau tun, die in der Ehe leben und durch die Erziehung der Kinder den bescheidenen Teil am Gottes- und Nächstendienst erfüllen, der sich aus ihrer Lage ergibt?

Immer das gleiche: gemeinsam nach der Befreiung von der Verführung streben, nach der Selbstläuterung und nach der Vernichtung der Sünde, an deren Stelle man Beziehungen setzen soll, die einen allgemeinen und persönlichen Gottes- und Nächstendienst ermöglichen, – die reinen Beziehungen von Bruder und Schwester, die von sinnlicher Liebe nichts wissen.

Und darum ist es nicht wahr, daß wir uns von dem Ideale Christi nicht leiten lassen können, weil es so hoch, so vollkommen und unerreichbar ist. Wir vermögen uns nur darum nicht von ihm leiten zu lassen, weil wir uns selbst belügen und betrügen.

Wenn wir nämlich sagen, daß wir leichter erfüllbare Vorschriften haben müßten, als das Ideal Christi es ist, da wir sonst, ohne sein Ideal zu erreichen, in Ausschweifung verfallen, so sagen wir damit nicht eigentlich, daß das Ideal Christi für uns zu hoch sei, sondern nur, daß wir daran nicht glauben und unsere Handlungen nicht nach diesem Ideal bestimmen wollen. Wenn wir beispielsweise sagen, daß wir, einmal gefallen, für immer in Ausschweifung versunken sind, sagen wir damit nur, daß wir schon im voraus darüber im klaren waren, den Fall mit einer Unebenbürtigen nicht als eine Sünde, sondern als eine Belustigung, einen Zeitvertreib anzusehen, den wir nicht unbedingt durch das, was wir Ehe nennen, gutzumachen brauchten. Wenn wir jedoch begreifen, daß der Verlust der Keuschheit auch hier eine Sünde ist, die durch eine unlösbare Ehe und die gesamte Tätigkeit der Erziehung der Kinder, die aus dieser Ehe entspringen, gesühnt werden muß und gesühnt werden kann, so könnte unser Fall für uns nie zur Ursache werden, daß wir für immer in Ausschweifung versinken.

Das wäre schließlich dasselbe, wie wenn der Ackersmann die Saat, die ihm an einer Stelle nicht aufgegangen ist, nicht als Saat betrachtete, sondern an einer zweiten und dritten Stelle säete und als wirkliche Saat nur diejenige betrachtete, die ihm aufgegangen ist. Ein solcher Mensch würde augenscheinlich viel Land und Saat verderben und niemals säen lernen.

Stellt nur die Keuschheit als Ideal hin, und nehmt an, daß jeder Sündenfall eines Menschenpaares die einzige unzerreißbare Ehe darstellt, dann wird klar, daß die von Christus gegebene Richtschnur nicht nur genügt, sondern das einzig mögliche ist.

»Der Mensch ist schwach, man muß ihm eine Aufgabe geben, die seinen Kräften entspricht«, sagen die Leute. Das ist etwa dasselbe, als sagte man: »Meine Hand ist schwach, ich kann keine Linie ziehen, die gerade, das heißt die kürzeste zwischen zwei Punkten ist, ich nehme daher, wenn ich eine Gerade ziehen will, um meine Aufgabe zu erleichtern, eine krumme oder gebrochene Linie zum Vorbild.«

Je schwächer meine Hand ist, desto notwendiger brauche ich ein vollkommenes Vorbild.

Wir dürfen, nachdem wir die christliche Lehre des Ideals kennengelernt haben, uns nicht so stellen, als ob es uns unbekannt wäre, und es durch äußerliche Vorschriften ersetzen.

Die christliche Lehre des Ideals ist der Menschheit eben darum offenbart worden, weil es ihr in ihrer gegenwärtigen Ära die Richtschnur geben kann. Die Menschheit hat bereits die Periode der äußerlichen religiösen Verordnungen hinter sich, und niemand glaubt mehr an sie. Die christliche Lehre des Ideals ist die einzige Lehre, die der Menschheit als Richtschnur zu dienen vermag.

Man kann und darf das Ideal Christi nicht durch äußerliche Vorschriften ersetzen, wir müssen uns vielmehr dieses Ideal in seiner ganzen Reinheit bewahren und uns vor allem den Glauben an dieses Ideal erhalten.

Dem Schwimmer, der nicht weit vom Ufer schwamm, konnte man zuerst zurufen: »Halt' dich an jenen Hügel, an dieses Vorgebirge, diesen Turm usw.« Doch dann kommt die Zeit, wo die Schwimmer sich vom Ufer entfernt haben und nur die unerreichbaren Gestirne sowie der Kompaß, der die Richtung zeigt, ihnen als Lenker dienen können und sollen.

Eines wie das andere ist uns gegeben.
24. April 1900.

Pierre-Ambroise-François Choderlos de Laclos, Bd. 91 *Gegen den Strich*, Joris-Karl Huysmany, Bd. 92 *Geschichte des Fräuleins von Sternheim*, Sophie v. La Roche, Bd. 93 *Geschichte vom braven Kasperl und dem Annerl*, Clemens Brentano, Bd. 94 *Geschichten aus dem Wienerwald*, Ödön v. Horváth, Bd. 95 *Glanz und Elend der Kurtisanen*, Honore de Balzac, Bd. 96 *Glück und Unglück der berühmten Moll Flanders*, Daniel Defoe, Bd. 97 *Götz von Berlichingen*, Johann Wolfgang v. Goethe, Bd. *98 Gullivers Reisen*, Jonathan Swift, Bd. *99 Heidis Lehr und Wanderjahre*, Johann Spyri, Bd. 100 *Heinrich von Ofterdingen*, Novalis, Bd. 101 *Hiob Roman eines einfachen Mannes*, Joseph Roth, Bd. *102 Immensee*, Theodor Storm, Bd. 103 *Iphigenie auf Tauris*, Johann Wolfgang v. Goethe, Bd. 104 *Italienische Märchen*, Clemens Brentano, Bd. 105 *Ivannhoe*, Walter Scott, Bd. 106 Jahrmarkt der Eitelkeiten, William Makepaece Thackeray, Bd. 107 *Jane Eyre*, Charlotte Brontë, Bd. 108 *Jugend ohne Gott*, Ödön v. Horvath, Bd. 109 *Jürg Jenatsch*, Conrad Ferdinand Meyer, Bd. 110 *Kabale und Liebe*, Friedrich v. Schiller, Bd. 111 *Kasimir und Karoline*, Ödön v. Horvath, Bd. 112 *Kinder- und Hausmärchen*, Gebrüder Grimm, Bd. 113 *Kleiner Mann, was nun*, Hans Fallada, Bd. 114 *König Alkohol*, Jack London, Bd. 115 *Krambambuli*, Marie Ebner-Eschenbach, Bd. 116 *Lausbubengeschichten*, Ludwig Thoma, Bd. 117 *Lavinia - Pauline - Kora*, George Sand, Bd. 118 *Leben und Lüge*, Detlev von Liliencron, Bd. 119 *Lebensansichten des Katers Murr*, ETA Hoffmann, Bd. 120 *Lenz. Der hessische Landbote*, Georg Büchner, Bd. 121 *Lieutenant Gustl*, Arthur Schnitzler, Bd. 122 *Lord Jim*, Joseph Conrad, Bd. 123 *Luise*, Johann Heinrich Voß, Bd. 124 *Madame Bovary*, Gustave Flaubert, Bd. 125 *Märchen*, Wilhelm Hauff, Bd. 126 *Maria Stuart*, Friedrich v. Schiller, Bd. 127 *Max Havelaar*, Multatuli, Bd. 128 *Meister Floh*, ETA Hoffmann, Bd. 129 *Michael Kohlhaas*, Heinrich v. Kleist, Bd. 130 *Minna von Barnhelm*, Gotthold Ephraim Lessing, Bd. 131 *Moby Dick*, Hermann Melville, Bd. 132 *Nathan, der Weise*, Gotthold Ephraim Lessing, Bd. 133-1 und 133-2 *Nils Holgerssons wunderbare Reise*, Selma Lagerlöf, Bd. 134 *Niels Lyne*, Jens Peter Jacobsen, Bd. 135 *Nußknacker und Mausekönig*, ETA Hoffmann, Bd. 136 *Oliver Twist*, Charles Dickens, Bd. 137 *Onkel Toms Hütte*, Herriett Beecher Stowe, Bd. 138 *Peter Schlemihls wundersame Geschichte*, Adalbert v. Chamisso, Bd. 139 *Peterchens Mondfahrt*, Gerdt v. Bassewitz, Bd. 140 *Pinocchio*, Carlo Collodi, Bd. 141 *Reinecke Fuchs*, Johann Wolfgang v. Goethe, Bd. 142 *Rheinmärchen*, Clemens Brentano, Bd. 143 *Rinaldo Rinaldini*, Christian August Vulpius, Bd. 144 *Robinson Crusoe*; Daniel Defoe, Bd. 145 *Romeo und Julia*, William Shakespeare Bd. 146 *Schach von Wuthenow*, Theodor Fontane, Bd. 147 *Schachnovelle*, Stefan Zweig, Bd. 148 *Schatzkästlein des rheinischen Hausfreundes*, Johann Peter Hebel, Bd. 149 *Schelmuffskys Reisebeschreibung*, Christian Reuter, Bd. 150 *Schloss Gripsholm*, Kurt Tucholsky, Bd. 151 *Siebenkäs*, Jean Paul, Bd. 152 *Sternstunden der Menschheit*, Stefan Zweig, Bd. 153 Tao te king, Laotse, Bd. 154 *Till Eulenspiegel*, Hermann Bote, Bd. 155 *Tolldreiste Geschichten*, Honorè de Balzac, Bd. 156 *Tom Jones, Geschichte eines Findelkindes*, Henry Fielding, Bd. 157 *Tom Sawyers Abenteuer und Streiche*, Mark Twain, Bd. 158 *Troquato Tasso*, Johann Wolfgang v. Goethe, Bd. 159 *Traumnovelle*, Arthur Schnitzler, Bd. 160 *Trost der Philosophie*, Boethius, Bd. 161 *Über den Umgang mit Menschen*, Adolph Freiherr v. Knigge, Bd. 162 *Uli der Knecht*, Jeremias Gotthelf, Bd. 163 *Uli der Pächter*, Jeremias Gotthelf, Bd. 164 *Ungeduld des Herzens*, Stefan Zweig, Bd. 165 *Ut oler Welt*, Wilhelm Busch, Bd. 166 *Vater Goriot*, Honorè de Balzac, Bd. *167 Väter und Söhne*, Ivan Sergejeviç Turgenev, Bd. 168 *Verlorene Illusionen*, Honorè de Balzac, Bd. 169 *Von der Freiheit eines Christenmenschen*, Martin Luther – Bd. 170 *Von der Ursache, dem Prinzip und dem Einen*, Bruno Giordano, Bd. 171 *Vor Sonnenuntergang*, Gerhard Hauptmann, Bd. 172 *Walden oder Leben in den Wäldern*, Henry D. Thoreau, Bd. 173 *Wilhelm Meisters Lehrjahre*, Johann Wolfgang v. Goethe, Bd. 174 *Wilhelm Meisters Wanderjahre*, Johann Wolfgang v. Goethe, Bd. 175 *Wilhelm Tell*, Friedrich v. Schiller

Von demselben Autor/Herausgeber sind bei BOD bereits erschienen:

Alle Tage Feiertage
ISBN 978-3-7386-0409-2, 280 S.
Allerlei Anlässe zum Aktionieren, Feiern und Gedenken

100 Kinderlieder
ISBN 978-3-7322-3024-2, 112 S.
100 Kinderlieder, altbekannt und immer wieder gern gesungen

Liederbuch (Deutsche Volkslieder)
ISBN 978-3-8423-6702-9, 312 S.
300 Volkslieder aus 8 Jahrhunderten und aller Herren Länder

Sagen und Erzählungen aus Marburg und Oberhessen
ISBN 978-3-7347-8909-0 , 164 S.
Allerlei Schwänke und Geschichten aus dem Marburger Land

Tausenderlei über die Freiheit
ISBN 978-3-7322-9721-4, 140 S.
Mehr als 1000 Zitate, Bonmots und Aphorismen über die Freiheit

Tausenderlei über das Glück
ISBN 978-3-7322-5525-2, 160 S.
Mehr als 1000 Zitate, Bonmots und Aphorismen über das Glück

Tausenderlei über die Liebe
ISBN 978-3-8423-7474-4, 140 S.
Mehr als 1000 Zitate, Bonmots und Aphorismen zum Thema Nr. Eins

Weihnachtsgedichte– Verse, Reime und Gedichte zum Fest
ISBN 978-3-7347-6393-9, 352 S.
290 Werke bekannter und unbekannter Dichter zum Weihnachtsfest

Weihnachtsgeschichten - Erzählungen und Märchen
ISBN 978-3-7347-6404-2, 392 S.
85 kurze und lange Texte zur Weihnachtszeit

Weihnachtsgeschichten 2
ISBN 978-3-7481-7533-9, 360 S.
35 kürzere und längere Geschichten zur Weihnacht

100 Weihnachtslieder
ISBN 978-3-7322-3375-5, 112 S.
100 Weihnachtslieder aus der Heimat und der ganzen Welt

Lob und Tadel an tessitore@web.de